문학과지성 시인선 502

사랑은
우르르 꿀꿀

장수진 시집

문학과지성사

문학과지성사에서 펴낸 장수진의 시집

순진한 삶(2024)

문학과지성 시인선 502

사랑은 우르르 꿀꿀

초판 1쇄 발행 2017년 9월 11일
초판 4쇄 발행 2020년 3월 27일

지 은 이 장수진
펴 낸 이 이광호
펴 낸 곳 ㈜문학과지성사
등록번호 제1993-000098호
주   소 04034 서울 마포구 잔다리로7길 18(서교동 377-20)
전   화 02)338-7224
팩   스 02)323-4180(편집) 02)338-7221(영업)
전자우편 moonji@moonji.com
홈페이지 www.moonji.com

ⓒ 장수진, 2017. Printed in Seoul, Korea

ISBN 978-89-320-3038-8 03810

이 도서의 국립중앙도서관 출판예정도서목록(CIP)은 서지정보유통지원시스템 홈페이지
(http://seoji.nl.go.kr)와 국가자료공동목록시스템(http://www.nl.go.kr/kolisnet)에서
이용하실 수 있습니다. (CIP제어번호: CIP2017022814)

문학과지성 시인선 502

사랑은 우르르 꿀꿀

장수진

시인의 말

이 나무 아래
엉뚱한 염소가
있었으면

2017년 여름
장수진

사랑은 우르르 꿀꿀

차례

시인의 말

I

II

I

친애하는 비애

숲은 뒤집혀
불타고

불은 부리가 되어
탄 숲을 새의 눈 속에 넣고

날아갔지

돌아오기 위해

다만 무언가 죽여야 했어

심부름을 했지

불은 내 거야

교생 선생님

죽었을 거야

머리가 길었지
교생 머리를 따라 교실 밖으로 나갔어

아이들은 체육을 하고

나는 너무 멀리 와버렸지

호수에 닿았어
덥고 슬펐어

머리칼 사이로 너무 아름다운 물고기들이
뻐끔거리고 있었거든

교생은 몰랐을 거야

자신의 가난과 비극 끝에
그런 것들이 매달려 있을 줄은

달로

밝고 명랑한 단순한 사람들
그리고 그렇지 않은 사람들

골목을 따라 길게 구부러진 목의 이름
달로

구름이 목을 베며 지나간다
별일 아니라는 듯

머리 없이 사는 하루 이틀
한평생

종로 큰 집 드나드는 무학 식모가
종로 스콘 전문점을 지나듯

몰라

난 행복해
나는 행복한 거야

스콘?

잠 못 드는 소년이 말한다
불행이라는 게 있다죠
산다는 건 뭘까요
아빤 자요, 엄만 요가
나는 먹고살 만하지만
밝아오는 아침은 이토록 끔찍한걸요

여러 가지 생각하다
몇 개의 알약을 삼키려 목을 젖히다

태양이 쿵
아침이 떡
활기찬 서울이 왔다

6·25를 지나
총에 맞아 등이 터진 언니와
비쩍 곯은 엄마의 시체를 넘고 넘어

세상에 홀로 남겨진 어린 딸에게

글자는 몰라도 돼
밥만 먹여주면 돼 밥만

온 가족이 몰족한 소녀의 배달 가방에서
훼미리주스와 함께 넘실거리는 한세상

밥 몇 그릇 먹고 나니 팔순 노인이다

별일 아니라는 듯
전쟁이 끝나고
민주주의라는 것이 왔다

* 이 시는 1941년에 태어나 한국전쟁을 겪은 이애순 할머니와의 대화
에서 시작되었다.

극야(極夜)

신은 밤새도록 악마와 당구를 치고
잘못 맞은 적구가 당구대 밖으로 튀어 오르면
도시에 태양이 뜬다

딩… 딩…

악마는 발가락을 까딱이며 알람을 울리고
두 팔을 길게 뻗어
잠이 덜 깬 자의 발에 구두를 신겨준다

우리는 걷고 또 걷고

사고팔고 사랑하고 오해하고

추락하고 추억하고

두 노인네는 낮의 당구장에 죽치고 앉아
끝없는 이야기를 나눈다

악마가 이름을 부르면
누군가 태어났고
신이 그 이름을 까먹으면
누군가 사라졌다

그들은 했던 말을 하고 또 하고
먹은 밥을 먹고 또 먹었다

집에 간다며 악수하고 헤어진 신과 악마는
길을 헤매다 우연히 다시 만나
서로의 이름을 바꿔 불렀다

아침은 오지 않고
쉰내가 풀풀 나는 어둠만
머리 위로 끝없이 쏟아졌다

백색 숲의 골초들

여자는 개를 먹고 있었어
8월, 서걱서걱 눈 밟는 소리

여자는 마을로 나가 인간의 리듬에 길들여진 개들을 데리고 숲으로 왔다. 그녀는 개에게 담배 피우는 법을 알려주었다. 개들은 중독되었다. 골초가 된 개들은 커피와 신문을 찾았고 안경을 썼다. 해 질 녘엔 굵고 허스키한 소리로 낮게 으르렁대며 독한 위스키를 부탁했다. 개들은 백색 숲 사이로 스며드는 불같은 노을과 길어지는 자신의 그림자를 느끼며 서로의 이름을 불렀다. 여보게 에디슨, 한잔하게. 카네기, 자네 오늘 정말 멋지군. 친애하는 헨리 포드여. 취한 개들은 생각했다. 나는 누구인가. 개인가 발명가인가, 개인가 자본가인가, 개인가 개척자인가. 자본주의가 몰려온다. 슬프고 우울한 감정이. 그것은 블루스……

개들은 섹스했다. 개를 낳았고, 그 개들은 두 발로 서서 걷기 시작했다. 어떤 개들은 이유를 모른 채 몹시 불안에 떨었고, 어떤 개들은 단순하고 쾌활했다. 그리고 어떤 개들은 자살했다.

노파는 개를 먹는다. 개의 어미와 개의 아비와 어미의 어미와 아비의 아비와, 개의 개를 먹는다. 노파는 생각한다. 슬프고 우울한 감정은 누가 발명한 것인가. 나는 개를 먹지. 개는 늘 있지. 노파는 개의 꼬리만 남겨둔 채 백색 숲에서 까무룩 잠이 든다. 꼬리가 수직으로 떠오른다.

개비의 기도

1

복장 도착자들의 골목

개비는 불알이 보이는 바지를 걸치고 누워 있다
경찰복 서넛이 그를 주시한다
그러나 개비는

개비는
기도 중이다

기도가 끝나자 경찰복은 말한다
너는 체포될 것이다

두껍고 시커먼 개비는 말한다
나는 천사요
타락했지 나의 이름은

불알을 치워!

경찰복이 소리쳤다

똑딱
개비는 불알을 떼어 주머니에 넣는다
주머니가 축 처진다

하하하
경찰복들은 밝은 외국인의 웃음소리를 내며
골목을 뜬다

개비는 주머니 속 불알을 흔들며
저벅저벅 이동한다
무리를 떠나는 겁 없는 짐승처럼

멀어지는 목소리로 누군가 말한다
와우, 자네는 거의 아메리카 남자야, 그렇지?
더욱 멀어지는 목소리로 아메리카가 말한다
우리 카페 당통이나 가세, 가서

2

카페, 당통

쇠라의 그림처럼
후우우 나타났다 후우우 사라지길 반복하는
창가의 프랑스인

딸은 묻는다
엄마 아까 그 흑인이요, 왜 노려봤어요?

그는 너를 실망시킬 테니까

나는 그와 한잔하고 싶었어요, 엄마

생선 비늘처럼 비리게 빛나는 소녀
부인은 쇼콜라 한 모금을 삼킨다

아아, 검은 것이 이리도 달다니

달달한 데카당 휘몰아치는
프랑스 혁명가 이름의 카페에서
나는
19세기 바보 같은 남자와 사랑에 빠진다

모두들 모든 것에 무관심해진다

3

그랑자트 섬의 일요일 오후*

잘 가요

우리는 헤어졌다

밝고 한가로운 곳에서

법과 지도가 카페 상점 나무 그늘을 차지하고
1페니 9달러 요트와 요거트를 가볍게 나누는
그곳에서

감기로 죽은 딸의
장례를 마친 여인이
검은 우산을 쓴 채
햇볕을 쬐고 있었다

개비는 그녀에게 다가갔다

이곳은 해변인가요
모래가 없군요
라틴어를 할 줄 아는 염소가 있으면 좋겠어요, 여기에
엉뚱한 것이

날 위해 기도해줄 수 있겠어요

개비의 기도가 시작되자

흰 원피스를 입은 소녀와
주둥이를 땅에 댄 검은 개
남편의 목에 팔을 두른 여인이

하나둘, 사라져갔다

성당의 종소리조차 울리지 않았다

* 조르주 피에르 쇠라의 그림 제목.

껌 종이를 줍는 것은 불가능한 신의 오후

한 사내가 운다

왜 울어요, 아저씨

저 껌 종이가………
나를……

놀려

나는 왜 팔다리가 없지
사람들은 왜
쓰레기를 버리는 거야
도대체, 왜

나는 문구점 앞에 앉아
키 큰 남자의 독백을 해본다

사람들아
왜 나를 무서운 짐승처럼 내다 버렸는가

그대들은 끝내 나를 발견하지 못했네
나는 떨어진 껌 종이를 주우며
백 년이 넘은 서점 모퉁이에 매일같이 서 있었는데

당신들은 죽은 짐승의 사진을 쓰다듬으며
늙은 학자의 말투로 애도의 편지를 주고받네

"요컨대, 새 개를 키워야겠어요"

도처에 천사의 그림이 휘날린다
천사는 없었다 풍랑이 있었지

사랑해요
거지,
오래된 병의 신

거기에 인조 포도송이를 달고 다니는 사내*

사내는 훔친 외투를 입고 호밀밭을 헤엄쳐 불길에 휩싸인 자작나무 숲으로 파고들었다. 그는 불을 앞질렀고, 국경을 넘어 폴란드에 도착했다. 문득 뒤돌아서 바라본 대자연의 우아한 풍경은 사내의 마음속에서 아코디언 연주를 불러일으켰다. 그는 눈을 감았다. 정오의 호수 위로 떠오른 벌거숭이 시체처럼. 죽음과 몽상이 깃든 거뭇한 몸이 태양에 흠뻑 젖었다. 거기에 자두만 한 포도알이 주렁주렁 달려 있었다. 그때 건너편 자작나무 숲 끝에서 돈을 도둑맞고 텅 빈 도시락 통을 뒤지던 체코 군인이 큰 소리로 나팔을 불며 아코디언 연주를 엉망으로 만들었다. 멍청한 새끼…… 사내는 생각했다. 돈을 돌려주거나 그를 잽싸게 죽일 수도 있었다. 그러나 도둑맞은 그의 어리둥절한 표정은 사내를 고독하게 만들었고, 아무도 취하지 않는 신의 포도밭으로부터 그를 영원히 추방했다.

* 장 주네 소설 『도둑 일기』의 한 장면에서 영향을 받음.

간질녀에 대하여

신은
우유에 잠긴 콘플레이크처럼
균형 잡힌 삶을 위해 존재하는가

오늘 아침
괴상한 아리아가 울려 퍼지던
4호선 당고개행 열차

떠 꽈리토차 파파파
백색의 눈 아파요

잇 토튼 토 와차 와차
아이구 넘어지겠죠, 나는

팝콘이 튀듯 노래하던 그는
미아사거리에서 누웠다
뒤틀린 다리
입가에선 침 풍선이 터졌다

옛날 어느 연극에선
넓적하고 수더분한 다방 레지가
커피 쟁반을 끼고 발작하는 장면이 있었다
그녀의 이름은 그저 '간질'이었고
그녀는 발길질하는 청년에게
사랑합니다, 나를 이해해줘서 고맙습니다*
했다

그 역할은
어느 성질 고약한 배우가 전문으로 했는데
그녀는 심금을 울리는 자연스러운 연기로 빵 떠
지금은 텔레비전에 자주 나온다

선배는 그때
간질에 대해 어떤 생각을 했을까

장마철 한밤
나는 끊긴 아리아의 다음을 이어 부른다

백색 이끼 긴 눈은 도시를 떠도네

갈색 레인부츠를 신고

윈느 불렁갠느 오 위로

나는 소년 성가대였죠 눈이 검었을 때에는

겁내지 말아요 나는 순해요

잠이 쏟아져요

나는 축가를 부르는 꿈을 꾸고 있어요

동생 부부의 결혼식이에요

맞춤 양복을 입었죠

하지만 나를 못 본 척해줘요

* 박근형 작, 연극 「청춘예찬」의 대사에서.

콰이

콰이는 누웠다

달과 커피나무 아래
인간이 아는 달과
인간이 모르는 염소 곁에

뱀파이어는 인간의 잠을 먹는다

불면증에 걸린 사람들은
죄다 울음을 터트리고
그는 가만히 누워 눈을 맞춘다

너무 아름다운 노을 속에서
우리는 죽을 수밖에 없고

콰이는 내 목을 빨며
사랑해,
말하지 않았다

사랑, 셋

1. 리허설, 르와 9

키스한다

파삭파삭 부서지는
입술
친밀한 그대와 나는 몰락한다

이것 봐, 르, 내 발이 곰 발바닥처럼 커졌어

9의 얼굴에 조명이 드리우자
그는 병든 쥐처럼 연기하며 찍찍 울기 시작했다

사랑해

사라진 9

2. 극장 앞

지난밤의 연극에 대해 토론하는 예술가 무리

누군가 나른한 목소리로
연극과 현실의 차이에 대해 길게 말했다

그리고 또 한 사람,

온 생을 쏟아내듯
벽을 향해 몸을 기울인
노동자가 있었다

그는 1센티미터의 균열에 몰두한다

1의 생

1의 파멸

그리고 영원처럼

그는 일군의 예술가들이
순진한 엘리트 정치가를 비난하며
곧 도래할 파국에 대해 논쟁하는 동안

뾰족한 도구들을 광기 없이 다루며
주차장 벽의 보수를 마친다

벽과 노동자는
음악이 새어 나오는 예술 센터에서
사라진다

3. 오늘의 연극 「베티의 나날들」

사랑에 관한 이야기는
늘 골목에서 시작된다
사랑은
아무도 피아노를 연주하지 않는
골목길에서
불 켜진 내 방 창문을
바라보는 것
밤의 망치를
줍는 것

여기가 어디야

베티네 집 앞

우리 집이 어디야

삼거리 신호등

내 방이 어디야

빨간불 파란불

아이들이 노래한다 베티, 배시시 웃는다

사자와 어린이, 돼지 거지 바보 모두가

베티
그녀는 사랑에 빠졌노라, 증언한다

베티의 머리칼은 누가 가져갔을까
대머리 독수리가 가발을 만들었대

발등에 올라온
꼬부라진 털 한 가닥을 바라보는 9

털은 북북서로 사납게 뻗어나간다
그는 이제 없다

무성한 숲에서 늪이 되었거나
바위의 영향 아래 차분해졌거나

그의 광폭한 사랑은
인간과 가장 멀리 있는 나무를 쳤다

공장과 숙소는 들어서지 않았다

첨벙첨벙 포도를 밟으며
치마를 들어 올린 처녀들
그을린 허벅지에 힘주어 노래한다

한 사람이 있었다네
세 사람이 떠났다네
그들은 한 여자를 버렸다네

태양의 사생아 베티
눈먼 짐승의 꿈을 꾸는 자

세상의 모든 절멸을 지연시키며
뜨거운 철을 들어 올리네

너는 집중하는 자, 베티

들어봐 베티
철과 철이 부딪는 이 소리를
기차가 달려오는 굉음을

마지막 인간도
너를 구원할 수 없을 거야
모두가 떠날 거야

다정한 거인도
추방당한 외국인도
혁명에 실패한 개구쟁이 친구들과
진실한 예언자도
모두 이 마을을 떠날 거야

망치의 마지막 주인도
망치를 버렸지

베티, 포도주를 마시럼 취하럼
우당탕 넘어지럼

사랑하고 먹고 마시던 배우가
마지막 독백을 하기 위해 식탁 위에 오른다

인간이여, 어디로 가는가
네가 내 발을 밟았을 때 나는 몹시 아팠노라
나는 고통으로 고립되어 이 세계를 잃었고
이제 너를 버리노라

식탁
소멸한다

II

개죽음의 전사들

신은 어둠 속의 콘솔 위로 한 손을 던졌다

태양이 강남 일대를 비추면
음악 없이 담백하게 등장하는 개죽음의 전사들

우리는 한강 남쪽의 베리 핸섬한
맹꽁이들 싸우자 싸우쓰 코리아

나는 구경꾼, 담배 피우지 죽음을 빨며
필사적으로 구경하지
패고 맞고 참는 개, 인간의 쇼를

봉고차 문이 열린다
옆집 여자 선수
프로 레슬러처럼 섬뜩한 활력
뼈를 때리는 신경질적인 심박
초원의 치타처럼
유연하고 화려한 연속 동작

원 두그두그 쓰리 앤

쳐!

저 옆집 여자, 어디서 저런 놈을 골라 왔지
저 개
앞으로 만세 뒤로 만세
네 다리 쭉 뻗은
대한 독립 만세는
미련 없이 죽은 남쪽 개의 자세인가
맞는 놈은 산 놈
그저 살아만 있는 놈
우리는 안다 누군가 죽으면
매미가 7년에 한 번 울어주겠지

죽은 개로 산 개를 후려친다

개는 울지 않는다
나무는 여름을 찢고, 여자는 어깨를 조인다

휴식

여자는 엉덩이부터 봉고차로 들어간다
벽시계 뻐꾸기 후퇴하듯
누가 나를 끌고 무덤으로 가나 가라 막간 쇼

매미가 운다

우리 모두는 참는다
치는 자, 산 개, 죽은 개, 이죽이죽 보는 놈
앞집 마당에선 꼬마 찰스의 아이스크림이 녹고 있다
아이의 엄마는 식탁 의자 위에 달랑달랑 앉아 있다
발톱을 깎다 문득
거실 천장을 올려다본다

번 번쩍 번개 치듯
두번째 판

들락날락 매미 울고 치고 빠지고 쑥 뻑

3라운드 쉬고
찰스 엄마, 발톱 다 깎아갈 무렵

깽깽매미 운다, 목이 터지도록
시끄럽네
철수 아빠, 나 가요
찰스 엄마는
바닥에 널브러진 발톱 조각들을 사뿐히 즈려밟으며
욕실로 가 목을 맨다
변기로 뚝 떨어지는

흐느낌 한 방울

지직지직 부서지는 매미들
우우우………
나무가 잎을 뒤집어 야유하며 껄껄 웃는다

찰스는 참는다
산 개는 죽은 개를

죽은 개는 대한 독립 만세를 참는다

나는 끝까지 구경한다
눈에 좆이 날 때까지
아이가 제 목을 조를 때까지

엉, 우는 우리의 귀여운 강남 찰스

은주의 외출

거실. 창가에 선인장이 빼곡히 놓여 있다. 죽었는지
살았는지 모를 선인장의 가시 사이로 탐스럽게 피어난
미농지 꽃들. 일기 예보를 전하는 티브이 소음 간간이
들린다.

"이게 어떻게 된…… 까, 단풍이 무르익는 늦가을에
92도의 폭염이…… 강풍과 비 사이로 해…… 젖은 개와
새가 점프하고 뛰노는 오후…… 나가면 죽는다……"

아버지
소파에 앉아 푸드득 몸을 떤다
몸을 배배 꼬는 은주
아버지, 나 여자가 될래요

기름을 짜내야겠군
아버지는 딸의 영혼을 걸레처럼 쥐어짠다

우웩, 기름 냄새
은주는 깔깔거린다

아버지, 성숙이란 참 느끼하고 간지러운 거군요

거실 창문에 머리를 박고 미끄러지는 새 한 마리
아우우우울 지구에 퍼지는 우울한 개 소리

꽃 진다
한 평 구둣방 아재도 부르르 진다
딸은 좁은 하이힐 신고 이민 간다

거실 창문을 쿵쿵 때리며 개가 호소한다

살려주오, 난 미치지 않았소

개는 없고 개 눈만 이쪽을 본다

은주 말한다

아버지, 나 이 미진 세상의 남자가 될래요

오오 이런 대단한 녀석, 무기를 챙기렴

은주는 아버지를 옷걸이에 걸어 옷장에 넣는다

쉬세요

그래 딸아, 창가의 선인장을 부탁하마

죽은 선인장들 사이로 탐스러운 미농지 꽃들

가짜였
이런 낭만적인 양반을 봤나

이따위 종이꽃으로
저 지리멸렬한 개죽음들을
가릴 수 있다고 믿은 거예요

은주는 옷을 갈아입는다

모자, 조끼, 장화, 총, 나침반, 머스태시
거실을 꽉 채운 검은 말과 서부 음악

명사수가 될 것인가
명배우가 될 것인가

밖은 전쟁이라죠, 아버지 난 너무 무서워요

두부 시네도키

사막은 어디서 불어오는가

모두가 누워 있다. 오직, 두비와 코기만 걷는다

두비와 코기는 토한다, 사막의 끝에서

예쁜데 미쳤어. 두비와 코기의 손목을 잡고 따라온 잠
의 아가씨들. 병실과 복도에 작은 집과 화단을 만든다. 거
실 창문을 부수고 들어온 두툼한 물의 공. 빛이 검다 검
어. 여자들은 죄다 똑같이 말한다. 검다 검어. 푹, 쓰러진
다. 누구도 일으킬 수 없도록. 미이라처럼 굳어버린, 잠

칵칵, 꽃이 잿빛 잠을 토해낸다. 잠은 물의 그을음

여자는 잠 속에서 두부 한 모를 떠올린다. 나는 그것을
만질 수도 먹을 수도 없구나. 그리운 나의 두부 한 모. 너
는 너무나 멀리에 있다. 부드럽고 은은한 햇살이 드리워
진 식탁 위에, 실바람에도 가볍게 흔들리는 리넨 커튼 옆
에. 너는 구석구석 조금씩 썩어간다. 부서질 듯 연약한,

한 줌의 생활이여

　담장의 나팔꽃을 뜯어 먹던 창밖의 고양이는 어느덧
집 안을 배회한다. 작고 조용한 악마처럼, 벌레 붙은 털
뭉치를 흘리며. 고양이는 식탁 위로 가볍게 뛰어올라 두
부를 조금 할퀸다. 재채기를 할 때마다 여자는 푹푹, 두부
속으로 빠져든다

　거대한 두부 한 모

　여자는 두부 속에서 몽글몽글 흘러간다. 눈을 감은 채,
모서리에서 모서리로. 흰 두부 속에서 어둡고 푸른 계절
을 맞는다. 여자의 몸을 타고 자라나는 담쟁이넝쿨과 곰
팡이에 절어 우울한 행인들. 이른 겨울 코트를 입고 길을
나선 할머니는 앞세운 지팡이로 상한 두부를 길게 가르
며 계절 밖으로 빠져나간다

　어디로 가는 걸까

욕실의 문명

보일러가 돈다. 작은 사람이 세면대 속에 앉아 살색 꼬막을 까먹고, 더운 물이 옆에서 쿵쿵 떨어진다. 수증기 속에 큰 사자가 있다. 아무 일도 일어나지 않는다

어딘가 바다, 흔한 바다, 영화감독 CF감독 CF모델, 대학생 원섭이와 김 대리가 왔다 간

거대한 사자가 증기 속에서 어깨 넓이의 문명을 일으키자, 작은 사람이 녹슨 아카시아를 던지며 외친다. 우가차카 우가우가 아까 그 메시아! 누군가 편의점에서 껌을 구매한다. 던지지 않는다

사람이 작을 때 뭐든 먹을 때

원섭이 친구들이 아무 데나 기름을 붓고 선생 및 자본가와 우가차카 할 때. 한두 명이 또 껌을 산다. 적은 돈을 쓴다. 대학을 나와 취직을 하고 휴가를 간 자들이 미생물의 아름다움까지 알게 될 때

방이 없다 인류는

유유히 열탕을 떠도는 개들은 어디서부터 흘러온 걸
까. 꼬막을 먹으며 해변의 원섭이를 상상하던 다 큰 작은
사람은 불현듯 질문과 답을 한다. 신? 츤사가 다 뭐야?
개재끼들! 작은 발길질을 하다 세면대 밖으로 굴러 배수
구에 코를 박는다. 오기가 생긴 그는 드르륵드르륵 몇 번
더 영원히 코를 박는다

페도라를 쓴 신이 코트 깃을 날리며 욕실로 들어선다.
철컥거리는 의족을 신은 채. 신이 모자를 벗어 한 번 흔
들자 구겨진 개가 툭 떨어져 나온다. 물은 철철 개는 둥
둥. 신은 간다. 컥컥, 허공을 찍으며

편의점 계산대 위에 바람 빠진 원섭이가 누워 있다. 누
군가 당황하지 않고 그것을 들어 올린다

달고 더운 귀

불과 손을 던진다
친애하는 너에게

너는 나를 똑바로 쳐다보며 타들어간다

뜨겁지 미치겠지

개가 지나간다

불 한입

아그작 아그작
깨물어 먹는 불의 맛

뜨그덕 뜨그덕
얼굴 속을 뛰어다니는 손과
서로의 이름을 까먹은 우리들

점점 어두워지는 귀와

앵두맛 캔디를 깨물고 미쳐본 개가
오후 어딘가 있을 것

오늘 우리는 달고 덥다

불에는 상쾌한 신맛이 있고
사랑에 빠진 자는 개 이름을 바꾼다

달고 더운 귀야 야 야

슬프다 그런 얼굴 하지 마

지독한 우울이 내게로 온다네

1

불의 거미
거미 속에서 서로를 갉아먹는
죽은 자들의 누런 덧니들
목구멍을 기어올라
입천장에 혀를 박는 천 번의 망치질
거미가 나를 찾아왔다, 구취를 풍기며
얼굴 속을 배회하던 불안은
오른쪽 관자놀이를 찢으며 태어난다
또르르
떨어져 탁구공처럼 굴러가는 눈알들
방구석에 처박힌 슬픔이
껌뻑 껌뻑 나를 본다
거미가 지나간 자리마다
불길이 치솟는다
불에 타 흘러내리는 인중과 턱
쇄골에 붙어
좌아악 늘어나는 얼굴

58

어느 악마가 내게 이런 자화상을 그렸나
잇새로 터져 나오는 불의 파편
허공에 쩍 붙은 불안 개처럼 뜯어 먹는 입을

목구멍에 짜다 만 관이 박힌다

앙칼진 두 손은 허공

2

아침이 오면 밥을 먹어야지
팬티 갈아입고 나가야지
내게 신고 나갈 구두가 있던가
현관에 어지럽게 놓인 저 신발들은
누구의 것인가, 언니?

아직 담배가게 앞이에요?
서울우유 작은 거 손에 쥐고?

곰삭은 광대로
바람 펑펑 맞으며 먼 데를 보던
눈은 눈이 아니고
텅 빈 구멍이고
귀에선 구정물이 질질 기억이 질질질
왜 그렇게 말랐어요
우유를 마셔요, 우유가 있잖아요
부글부글
신 떠내려가요 언니, 언니!

복사뼈 비비며 끔찍끔찍 웃던
쇳조각 같은 입으로 쪽쪽
허공에 뽀뽀를 찌르던
그 옛날의 시인 언니
언니 생각으로 날이 밝았네요
아침, 아침이 오고야 말았으니
신 신고 나서야지
가면

그렇게 그렇게 앉아만 있으려나
우유에 구두가 다 젖도록
사랑도 구원도 다 잊고
깨갱거리는 개가 다가와
뒤꿈치를 아삭아삭 깨물도록

나를 문 것은
가난한 골목의 개가 아니라 사랑의 이빨이었으니
지독한 우울이 개처럼 뛰어 내게로 온다네

실종

까만 콩 같은 고무가 애 잇몸에 송송 박혀 있다. 독특
해, 아들. 쓰다듬으면 부서지는 얼굴. 꿈이로구나. 아들은
없지. 리어카 밀며 외친다. 두우부 깨앤닢 파아 파아……

아줌마, 파요. 어머, 파가 없네.

엄마는 히치콕

사각
사라지는 기억
사과 없어진다
긴 껍질을 물끄러미 바라보는 엄마

과도를 들자
뚱뚱한 허공이 터지며 피식, 바람이 샌다

한 알의 알약을 삼킨다
흰 사과 살이 어두워지는 동안
두 알 열두 알을 삼킨다
사과의 끝은 어디인가

뜨거운 물을 틀면
쏟아져 내리는 뭉뚝한 새들

뜨거워, 뜨거워 미치겠어

엄마는

눈도 부리도 없는 민둥한 새들을 손에 움켜쥐고
그릇을 박박 문질러 닦는다
한 컷에 숨은 신의 묵시처럼

무연히 걸음을 내딛는 창밖의 저 여자
사각
한 걸음에 겨울을
사각 사각
두 걸음에 두 시간 찻잔을 넘는다

여자
어디까지 갔을까
지금쯤
얼어붙은 허리를 깨트렸겠지
실성한 마녀처럼 마법도 못 쓰고

누구나 한 번쯤 죽는 거다
힘 있을 때

획

엄마는 죽음을 앞치마처럼 허리에 두르고
밥을 짓고 개를 씻긴다
나의 화수목한 가정에서는
잘 익은 죽음을 퍼 밥그릇에 담는다
평일 엄마 밥 속에서 서서히 고조되는
밥맛 광기

그때 왜 미치지 않았어요
아냐 엄만 충분히 미쳤어
미치지 않고서야 네 밥을 짓겠니 딸아

끄덕이는 개의 털은 무성한 죽음으로 풍성하고
참으로 부드럽고
개는 알지
죽음과 비누를 늘 함께 쥐고 있던 엄마의 손에
이제 비누는 없다는 걸
17년 석 달 동안
개는 엄마를 위해 열심히 더러워졌네

잘 먹고 가요, 김 씨

개꿈처럼
한국말을 해버리네

철컹, 단칼에 잘리는 개의 머리

불구의 태양 아래
모든 병든 자들이 모여
시든 채소와 동전을 맞바꾸는 시장통에는
삐그덕거리는 단두대가 있다

고가구 앞의 예민한 늙은이처럼
돋보기로 단두대 주변을 유심히 살피던 엄마는
굴러다니던 개의 머리를 주워
옆구리에 끼고 집으로 돌아온다

펄펄 끓어오르는 새 떼가 엄마의 뒤를 따랐다

아몬드 광고

종이 아파트처럼 스튜디오에 가정집이 들어선다. 주
근깨를 그린 소녀풍 아이 둘. 아몬드로 깨작깨작 공기놀
이를 한다. 화려한 백작 차림의 남자는 거실 중앙에 선
다. 자, 카메라 롤, 액션! 주방 창문에서 감자가 무더기로
쏟아져 내린다. 컷! 감자 뭐야? 다시, 롤, 액션! 은은한
감자색 빛 속에서 점점 드러나는 배우의 얼굴. 군데군데
곰팡이가 피고 금이 쩍쩍 가 있다. 폐허에 남아 부서진
변기처럼. 남자는 연기를 위해 혀 밑에 물고 있던 피를
취취 뿜어내며 흔들의자에 앉는다. 생각한다. 거지 같은
감독, 아몬드와 피라니. 도무지 연결이 안 돼. 피는……
그는 형을 떠올린다. 화장실 전구를 갈다 말고 피를 콸콸
쏟으며 고꾸라진 그 형. 그는 천천히 아몬드를 씹는다.
올드보이처럼

Almonding World — I'm not there

a는 소파에 누워 이 모든 것을 관람한다. 여름의 법관
처럼, 신중하게 날씨를 살펴본 후 태양을 향해 속삭인다.
사 라 지 라 너 는. 손가락으로 파도 버튼을 누른다. 채널
이 바뀌고 와식, 샐러드 씹는 소리

개에게서 소년에게

바람이 불면 개 모양의 파도가 다가온다 어머 내가 개
에 젖겠어 헛소리하지 마 개는 개 파도는 파도야 파도는
개로부터 떨어져나간다 파도는 멈춘다 개는 쭉 뻗은 개
평선이 되어 개를 끌고 물을 찾아온 몽상가들을 뭍에서
잠들게 한다

티브이를 켜면 개 모양의 전파가 다가온다 소년은 개
에게 감전된다 텔레비전은 끊임없이 개를 게워내고 거실
은 개실이 되어 개를 먹고 소파에 잠든 자들의 꿈에 개칠
갑을 한다 소년은 짖는다 어머니 저 개 됐어요 저의 부채
꼴 주둥이를 만져주세요 잠에서 깬 어머니는 별안간 기
침을 하며 농처럼 찐득한 개를 한입 뱉어낸다

부부

비행사 놀은 우주로 갔다. 그동안 나라는 통일되었다. r은 거실에 남았다. 집을 날려버릴 폭탄을 제조하기 위해. 개 초코는 17년째 우울증이다. 초콜릿과 와인을 핥아 먹고 붉게 취해 잠들곤 한다. 오늘 아침, r은 식탁 아래 펼쳐진 『남자의 건강』 4쪽의 남자에게 뽀뽀했다.

아침의 폭탄 연구는 몹시 피곤한 일이다. r은 새벽녘 검붉은 토를 뒤집어쓴 개를 베고 누웠다. 건강 그 남자의 맨질맨질한 잡지 입술 맛이 떠올랐다. 뒤통수가 더워졌다. 초코야, 자니.

놀은 우주에서 동독의 r을 떠올렸다. 찌부러진 날생강을 건네며 *빵 드세요오* 하는 r의 장난을 타인이 도울 수 없는 신경정신병, 즉 거울을 향해 쏜 양방향 화살이라고 놀은 생각했다. 미국 멕시코 어딜 가건, 부인이 취한 개를 업고 졸졸 따라다니며 *빵 드세요오 빵이요 빵!* 생강으로 사람 돌게 할 것 같아 그는 우주로 갔다. 그래서 그는 우주 외톨이, 일본말로 히토리, 둘 중 하나.

개 초코는 부부에 대해 생각했다. 공부 끝에 칼뱅파가 되었다. 구토하던 초코의 입에서 방언이 터졌다. 멸망에 이르는 부부여, 신께서 칼 골뱅이 어둠과 용기를 주리니. 누구든 먹고 찔러라. 칼을 먹고 골뱅이로 찔러라.

붉게 취한 떠돌이 고기파가 독일 연방 뒷골목에서 발로 성경을 착착 넘겨가며 선지자의 말을 한다. 신은 기분 파이시니, 신에게서 난 자들은 알 수 없는 감정에 사로잡힐지어다. 신이 만끽한 1초의 기쁨과 1초의 우울이, 전쟁과 평화 부부와 부처를 주노라.

두시의 신비로운 능력

회색 두부에

꼿꼿한 혀 한 장, 박혀 있다

부러진 커터 칼날처럼

혀 없는 고양이 '두시'는

푸른 베일을 쓴 채

한쪽 발로

초승달의 목을 밟고 있다, 파르르

파르르

달은 숨이 할딱거린다

파랗게 점점 파랗게 미미한 파도처럼

살짝

살짝 치 떨던 달은

차갑게 식는다

모든 낭만의 밤은 끝났다

고양이의 작은 발 주먹 아래서

두시의 등 뒤로 가끔 해변이 열리고

닫히고

누군가 들어갔다 나오지 않았다

거짓말 없는 밤이 지속되었다

혀 없는 고양이 두시는

버려진 괘종시계에서

두 시를 물어뜯었다

아무도 모른다

두 시가 없는 시계

두 시가 사라진 세계에서 우리는

끝나지 않는 라디오를

영원히 들으며

오래된 영화 음악 속에서

어쩌면 이 세계에 존재했을지도 모르는

두 시의 연인

두 시의 오해

두 시의 자살

같은 것을 떠올려보았다

그러나 두 시는 돌아오지 않았고

두시 속에서

지겹게 곰팡이를 피우며

착한 사람들이 무더기로 죽어나갈

두 시의 파국을

지연시키고 있었다

III

폭우 혹은 사랑*

비 오는 소리가 짜락짜락 나
문 쪼께 열어보니 넘실넘실혀 강
죽겠어 깐딱하면

* 전남 담양 폭우 피해자 진봉덕 님의 인터뷰.

개그맨

어머,
뭐니,
소설이니 다큐니
이빨 빠진 비극이지

인생, 뭐

작업복 탁탁 털어 공터에 널고
짜장에 단무지 비닐 맛 중국 김치
공도 차고 잡초도 밟고

어머, 이런 자유 시대

벌컥벌컥 방문을 여는 공장장이여
나는 비번이면 시 써버리는 넌이여
나를 찾지 마여

쥐야 참새야, 헬싱키나 부다페스트
아니?

충북 쥐는 글쎄
로마 참새, 어떠니?

가버려

화끈하게

존경하는 삼공이 언니
나는 내가 만든 비닐 하나 훔쳐 쓰고
죽나 안 죽나 실험하다
우발적으로 잠들 넌이여
나는 죽을 테니 언니는
죽이는 시를 써 언니는

벌레도 많이 알고

언니, 헬싱키 좋아?
응, 좋아, 환해

언니, 공장 참새는 로마에 잘 도착했을까
응, 가길 잘했다고 소식 왔어
고맙대, 너한테

삼공이 삼공삼 삼공이 삼공삼

우리는 밤마다 방 벽을 통통 치며 암호를 나눴다
살아 있냐는 비장한 전언 따위 필요 없었고
그대, 오늘의 죽음은 어떤 맛인지
제목은 정했는지
그 방의 공장장은 오늘
공인지 장인지, 장님인지 장인인지

시 쓰는 년놈들은 무조건 총살이다

라고 말하고

공장장이 진짜로 총을 쏠 건지
어쩌면 그자도 시를 쓰는 건 아닌지

시인은 죽지 않는다
밥 먹고 자빠질 뿐이다

라고 누누이 말하는 언니는 사실
개그맨이 아닐는지

서울의 혜영이들

내 꿈은 탤런트였지
나는 봉급이 없다
버려진 선풍기 머리를 껴안고 길을 걷는다
얼마나 시원할까
코드를 꽂았는데 돌아가지 않는다

서울엔 혜영이들이 얼마나 많을까
앞집의 혜영인 요가 강사
골목 입구의 혜영이는 연극 배우
3층의 혜영인 백화점 나간다고
유부남이랑 바람이 났다던가
2층 아줌마가 그랬다
사랑에 미쳐 수도세를 안 낸다고
누구 이복동생 혜영이는
예쁜데 좀도둑이었다고
지금쯤 지우개 장사를 할 거라고
옛날 제문 선배 여친 혜영이는
그렇게 이태원 클럽을 다니더니
지금은 무슨 오피스텔 열었다고

명함을 주었다
은은하게 청순하게, 한남 눈썹 문신

혜영아 밥은 먹고 다니니
엄마 메시지 치지 마세요
내 시를 읽어드릴 수 없어요
나는 오늘 밤에도 바람에 스치우는 별을
찢어버리는 년이에요
우리의 우울을 합치면
껍질 벗긴 바나나로도
서로 찔러 죽일 수 있을 거예요
어머니
머리 땋고 무릎 모아 노래하던 혜영이는
낙성대로 이민 갔다 생각하세요

자양3동 미네소타

미네소타는 어른들만 가는 곳인데
나도 갔다
고모 따라
이모였던가
김 전무 아저씨가 내 볼에 뽀뽀했다
아저씨 손 하나 어디에 있어요?
집에 두고 왔지
왜요?
힘이 너무 세서
한 손으로 싸워야 공평하지 아저씨는
왜요?
가끔 싸움이 나 너 잠들면
왜요?
내일은 누가 네 볼에 뽀뽀할까
그런 걸로
싫은데 왜요?
네가 싫어하니까 좋은 거지
김 전무 아저씨는 내게 긴 머리 미국 인형을
여러 번 사 주었다

이모는 까만 생머리가 허리까지 내려오는
인형 같은 아줌마였다
일본에서 미용 쪽으로 오래 있다 왔다는데
오이로 작은 꽃을 만들며
일본 얘기를 여러 번 해주었다
뭐가 뭔지 모르던 나는 아줌마를
배고플 땐 이모, 졸릴 땐 고모라고 불렀다
이모는 미네소타 주방장이었다
홍덕이 새끼가 어제 과일 안주 빼돌렸다고
출근하면 늘 홍덕이를 찾았는데
홍덕이는 말이 좀 서툰
몇 살이었는지는 모르겠다
작은 어른이었다
홍덕이는 내게 종이 인형을 여러 번 사 주었고
어린이대공원에도 두 번 갔다
건반 삼촌이 옥경이를 쳐주면
나는 미네소타 무대에 앉아
반주에 맞추어 종이 인형 옷을 잘라 입혔다
그러디 찍 하고 가위가 잇나/가넌

어디선가 나타난 홍덕이가
느느 너어어 조오심 해애……
하며 짧은 말을 천천히 길게 했다
나는 홍덕이가 무슨 말을 하든
알았어 알았다고
홍덕이의 말을 싹둑 잘랐다
어느 날 미네소타가 문을 닫았다
김 전무 아저씨는 고모랑 사라졌다
싸움이 났는데
김 전무 아저씨가 칼로 누굴 찔렀다고 했다
공평하게 한 손으로
홍덕이는
오오지 마아아……
천천히 길게 말하며
빨간 국물잡채를 내게 사 주었다
나는 입이 미어터지도록 면을 욱여넣으며
알았어 알았다고
했다
같은 반 미희네 명희헤어 놀러 갔는데
미희네 엄마가

건너편 스탠드바가 불에 홀라당 다 탔다고
동네서 이게 무슨 일이냐고 말하며
내 머리에 부메랑 파마를 해주었다
그건 내가 제일 좋아하던 미국 인형 머리였다
손가락으로 머리를 돌돌 말면
머리가 꽈배기 모양이 된다
나는 쫀쫀한 꽈배기를 흔들며
떨리는 마음으로
미네소타 앞을 몇 번 가보았다
불 꺼진 계단에서 홍덕이가
어어어 하고 나오거나
김 전무 아저씨가
한 손으로 나를 번쩍 들어 올려주길
괴상한 하이힐을 신은 이모가
내 머리에 대해
한마디 해주길 바란 건 아니었다
그런 건 시시했다
하지만 미네소타가 없어지고
사는 게 시시해지기 시작했다

봉지 언니의 스피드

한 아이가 나뭇가지를 세우고 있다

애야, 너의 인생이 반짝반짝 작살날 거야 언니를 믿어봐

아저씨 오라이! 차가 후진한다

아이가 뒷바퀴에 끼인 채 교보생명 아저씨의 출근길에 동행한다

나뭇가지가 텅 빈 골목 한가운데 서 있다

비닐봉지가 나뭇가지 위로 떴다 사라진다

이것은 현대미술이오니 아이의 불행을 현대자동차가 응원합니다

301호 김 할머니가 문을 연 채 현관에 놓인 손주 신발을 뭉개고 앉아 있다

할머니, 할머니의 말년엔 명예운이 있어요 나와요 골
방에서, 자연스럽게 걸어가요

할머니 걷는다

나, 5층에서 할머니를 향해 흑백의 개를 집어 던진다

여든셋이랬나, 고생하셨어요

자타살 협동조합

처음 뵙겠습니다 제 이름은 '빈 봉지'고요, 보통 봉지
언니라고 불러요

어디든 달려갑니다, 원하시는 모든 걸 담아, 슥

자본주의 빨갱이는 오토바이를 탄다

문 앞에 쌓인 밥집의 삐라
자본주의 빨갱이는 오토바이를 탄다
나는 곰보빵의 곰보를 뜯으며
오늘도 동네를 순찰한다
교인들이 우르르 중국집으로 들어간다
나도 들어간다
탕수육
나도 탕수육
사장이 주방을 향해 외친다, 탕츄로우 이꺼!
지령이다
만두가 나왔다
행동이 시작되었다
작전명, 서비스
교인들은 만두를 빌미로 우두머리와 접선한다
감사합니다
기도합시다
나는 중국 자본에 매수되지 않기 위하여
만두는 먹지 않기로 한다
먹고 싶다

만두는 나를 꽃빵과 고추잡채의 세계로 데려갈 것이다
나는 그것들을 위해 야근을 불사할 것이며
나의 욕망은 깐풍기와 샥스핀 고량주 어쩌면
중국 본토에까지 이르게 될 것이다
그때 그 시절 그 만두를 증오하며
취향에 절어 늙어갈 것이다
파멸이다
만두는 나를 파멸로 이끌 것이다
철가방 요원이 지령을 받고 쥐도 새도 모르게 자리를
뜬다
나는 그를 따라 나선다
'늪'이 찍힌 붉고 둥근 식탁에 만두를 남긴 채

어느 날 여탕에서 문득

냉탕의 대머리 여인
뱃살 출렁이며 이미자 노래를 하네

한 송이 들국화 같은 제니
금발머리 나부끼며 웃음짓네*
배를 타고 하바나를 떠날 때
나의 마음 슬퍼 눈물이 흘렀네**

한 송이 들국화 같은 아버지
대머리 나부끼며 눈물짓네

"나 가발 하나 해줘라"
"그 가발 하나 얼마지"

나의 마음 슬퍼
홀딱 벗는 여탕으로 떠났네

그날 우리는
냄비 하나, 망치 하나를 두고 마주 앉아 있었다

빛바랜 버펄로 소파 위에

등 큰 호랑이 한 마리와
작고 노란 봄의 버튼처럼

소파 아래에는
너무 익은 딸기 한 알이 축 처져 있었다

가위 바위 보
나는 주먹 아버지는 가위
나는 망치로 아버지의 대머리를 내리쳤다

아 뜨거

189번!
여탕 문을 빼꼼 열고 마사지 이모가 외친다, 라면!
팬티 바람에 가부좌를 틀고 라면 상을 받는다

왠지 냄비에 머리를 처박고 싶은데

그럼 안 되겠지
울고불고
라면 먹다 미치면 안 되겠지

그날 나는
대머리 아버지 오목한 망치 자국
화분의 흙으로 살포시 메워드렸네

바람에 나부끼는
금발의 가발은 끝내 아니었네

　*　이미자 번안곡 「금발의 제니」에서.
**　이미자 번안곡 「라팔로마」에서.

여자 햄릿

나는 세상 모든 것이 다 있는
다이소 성북점 회원이다

가짜 꽃을 두 다발 샀다
회색에 보라가 애틋하게 섞인

뽀드득한 꽃잎을 주무르며
오백에 삼십 작업실로 걸었다

십수 년 만에 만난 연극 선배가
팔뚝을 덥석 잡으며
바리톤의 웅장한 목소리로 말했다

아니, 후배
왜 이렇게 말랐어
이러면 안 되지
공연 보러 와
「함익」*이라고, 여자 햄릿이야

주변을 둘러봤다

내가 연극을 했던

지금은 이러면 안 될 정도로 몸이 마른

인조 꽃을 든 사람이라는 것을

저 치킨집과 저 노가리집과

저저 국수집 사장까지 다 알아버렸을까?

규율 부장이었던 선배는 학교 때부터 늘 목소리가 컸다

그래, 후배는 어떤 작업을 하고 있어?

시 써요

시?

그래, 우리는 한때 다 시인이었지

아니 그런 시 말고요

비닐 속에서 다이소 꽃잎이 부스럭거렸다

쇠에

쇠에

쇠냄새를 풍기며

꽃이 웃었다
싸구려 쇠끼들……

그래, 나는 한 시절 배우였지
우리 모두는 한때 시인이었고

함익, 멋지네 그 이름
필명으로 좋겠네

나는 목을 베듯
꽃 머리를 꺾어 마당 감나무 아래 뿌렸다
햄릿처럼
광인처럼

* 김은성 작, 연극 「함익」.

여름의 도큐멘타

머리를 땅에 묻고 허공에서 벌어진
무수한, 늙은 다리

나비, 벌

총 같은 좆과 역사

나무는 소설이 아니다
소설은 나를 쓰지 못한다

서울이나 한국에서
아이의 무릎이 깨지는 공원에서
여름의 잎사귀는 아름답지

나는 존중받지 못했다

빨갛게 문을 열면 눈앞에 펼쳐지는 지옥
엄니이 엄니이 부르며 쏟아져 나오는
겁에 질린 소녀들

소녀들 뒤통수를 다 파먹고
머리통을 굴리며 노는 어린 군복들

총 칼 총 칼

총 끝에서 피고 지는
꽃의 율동이라니
이 여름도 한칼에 가겠지

휘어지는 여름의 극점

네가 나를 쐈을 때
나는 죽지 않기로 했다

힉

흙 속에서 눈꺼풀이 들린다

오래된 제국의 멸망을 향하어

장성익 선배
— 명동 둘둘치킨에서

저자 탐정이냐
아니다 아닐 거다
그럼 앞잡이냐
아니다 알바생이다
맥주가 수상하다
혁명은 언제 오냐
더 뻔뻔하게 수진아
뭐요?
우리는 아무렇게나 막 죽는 인간 아니냐
너 예술 좋아하냐?
나를 선동해 내 가슴팍에 성냥을 팍 그것
찍
불 싸질럿
맥주맛 안 이상하냐
여기요 사장님
수진아 사장님 아름답지 않냐
비극의 영웅들은 숨어 있다
어디에 둘둘에 극장에
선배 바바리코트 멋있어요, 의상이에요?

아 이거 형수가
야 눈보라가 갱장했어
경찰들이 막 쫘아악
나는 달렸지 고독하게
투두둑 뭐가
굴러오는 거야
보니까 애 얼굴 한쪽이 북
뜯긴 거야
노가린 손으로 뜯어야
맥주가 갔어
가자

폭염 속에서

뱅뱅
목이 돌아간 채
고꾸라진 고양이
뱅뱅
싸우다 죽었니
내가 너를 쐈던가
뱅뱅
죽은 눈이 나를 노려보네
내게 총을 쏘네
뱅뱅
나 너의 영혼 들어 올리네
떨구네
뱅뱅
골목에 나뒹구는 죽은 짐승의 영혼
푹푹 밟혀 짜부라지고
신은 졸고
뱅뱅
술 취한 패거리들 횃불처럼 붉은 목을 처든다
쳐라 전봇대여

오줌으로 따발총 쏘며 누군 죽고
누군 고자다 히죽대는
앳된 자취생들

골목에 쏟아낸 뽀얀 호프 거품에 자꾸 미끄러지던
그해 여름

나는 반정부 연극 몇 편
뇌과학 책 몇 권, 무화과빵
파시즘에 관한 일본 역사학자의 무미한 강의와
군밤장수 애인과의 밤샘 토론으로 나날을 보냈다

그리고 8월 어느 날
복고풍 셔츠와 가짜 교련복을 입은 선후배들이
폭염 속에서 횃불을 들고 나타났다
5월의 광주를 재현하며 카메라를 향해 외쳤다

전두환은 물러가라!!!

그때 광주서 죽은 사람들
나중에 횃불 알바가 생길 줄은 상상도 못 했겠지

일당 7, 경력자는 15

뉴스에선 떠들었다
폭염, 다들 화나 있습니다

한 선배는 천국 김밥을 입에 욱여넣으며
쉰 목소리로 대꾸했다
이 정도면 편하게 돈 버는 거지, 시히금치 쉬었네

그해 여름
나는 죽은 고양이를 자전거에 싣고
성북동 핀란드 대사관을 향해
필사적으로 달렸다

당신은 운 것 같아

수업이 끝나면 안 돼

교실 밖으로 나가 구름 도서관 위에서 몸을 던질 것
같아

당신은

상투적인 하루를 싫어하니까

그래, 죽는다면

잘 정리된 철학 서적 위에서 날아오른다면

조금은 다른 오후가 되겠지

누군가 당신을 보겠지

내가

호프집에서 아르바이트를 하고 돌아온 내가

무의미한 설거지에 지쳐

잘 가요, 또 오지 말아요

가난한 내가 가난한 자를 천대하는 마음으로

정말 죽고 싶어

술과 안주와 흘러간 가요 속에서, 돈 몇 푼 오가는 생
을 깔보며

나는 말했지

노동이 끝나고 책을 보는 건 불가능해

전태일은 정말 위대하지 않아?

새벽 두 시쯤

나는 칼끝을 한 번씩 만져보았지

아무렇지도 않았고

호프집 이모는 매일 내게 뜨거운 찌개를 끓여주었어

김 해서 밥 먹어라

당신은 조금 운 것 같아

시리아의 난민과

타국을 떠돌다 죽은 친구의 친구를 생각하며

혼자 남은 노모와 쓸쓸히 죽은 아버지

간밤에 지두 씨를 심긴 작은 개 때문에

세상은 달라지지 않을 테니까

아무리 시시덕거려도

구청과 싸우거나

독서 모임에 나가 간신히, 몇 마디 한들

죽은 아이를 건네며 말이 없던

여인의 눈 속에서

헤어진 우리는 자꾸 마주칠 테니까

눈부신 아침에 고인 그날의 슬픔을

한 입씩

떠먹여주었으니까

2016년 여름, 연우소극장

매미와 개미가 기어간다
매미가 점점 뒤처진다
개미가 매미를 돌아본다

매미, 죽겠어?

연극 한 편 보기 어렵네
먼저 가, 개미

개미는 마지막 언덕을 올라간다
극장 앞은 연극쟁이들로 북적인다
개미는 잠자코 매미를 기다린다
그러나 매미는 오지 않고
누군가 큰 소리로 외친다

공연 시작합니다!

개미는 문 앞에 놓인 포스터를 살펴본다

검열의 기위에 맞시는 연극의 구믹*

액션 활극인가
그나저나 매미는

엄마아, 한 아이가 뛰어와 주먹을 편다
매미 죽었어 봐봐
어머 징그러 치워

공연 시작합니다!

개미는 떨어진 매미를 서둘러 업는다
어둔 계단을 비틀비틀 내려가
객석 아래 매미를 누인다

개미는 눈앞이 핑 돈다
계단을 내려오는 동안
매미에게 몇 번 깔렸고
다리 두어 개가 끊어졌다

밖은 덥고 극장은 너무 추워
어느 쪽이든 죽고 말겠어

연극이 시작된다

인간을 파멸시키려거든 첫째로 예술을 파멸시켜라. 백
치들을 고용하여 차가운 빛과 뜨거운 그림자로 그리게
하라. 가장 졸작에 제일 높은 값을 주고, 뛰어난 것을 천
하게 하라. 그리하여 무지의 노동이 모든 곳에 가득 차게
하라.**

안타깝게도, 저 배우는 목이 쉬었군
대사는 왜 자꾸 반복되는 거지?
지겨워, 죽고 말겠어………

죽음과 졸음이 헷갈리기 시작한 개미는
몽롱함 속에서

객석 아래, 개미 소극장을 짓는다

공연 시작합니다!

마지막 힘을 다해 개미가 외치자
졸던 개미들이 줄지어 입장한다

제목이 뭐유?

"골목길 매미"

색색의 해괴한 요리를 좋아하는
외눈박이 거인이 있었지
그 눈에는
이글거리는 태양이 박혀 있었지
거인은 왼팔로
불과 물과 땅과 매미를 냄비 속에 넣었지

떠도는 비통함을 주걱으로 저어가며

먹지도 않을
침통한 맛의 수프를 끓이기 위해

주걱 끝에서 거인의 혀로 낙하한
한 방울의 절규

퉤퉤, 거대한 침을 뱉으며 완성한
완벽하게 침통한 맛의 세계 속에서
매미는 말했지

끝내 나를 죽일 셈인가
이유가 없다는 걸 알고 있네
날개를 가진 내가
친구와 함께 땅을 기어가는 것이
그리도 불편한가
그러나 너의 열등감은
너와 나를 함께 죽일 것이다
오른손으로 창조한 세계를

왼손으로 무너트리며
간이침대도 없는 실험실의 작은 냄비 앞에서
너의 눈은 싸늘하게 식어갈 것이다

거인이여

이런 장면을 본 적 있나?

골목의 모든 매미가
고개를 들어 태양을 똑바로 쳐다보았지
진물이 나고
눈동자가 녹아내리고
흰자가 검게 타들어갔지
뻥 뚫린 눈구멍엔 재가 훨훨 날리고
부서진 몸은 그 자리에 풀썩 내려앉았지
그러나 아무도
그곳을 떠나지 않아

연극이 끝나자 개미들은 눈물을 훔치며

극장을 떠난다

오오 매미여……

쿵, 극장 문이 닫히고
매미와 개미는 어둠 속에 남겨진다
꾸벅거리는 죽음에 머리를 툭
떨군 채

* 「권리장전2016_검열각하」 선언 문구.
2015년 벌어진 국가의 예술인 검열 사태에 대응하는 연극인들의 프로
젝트로, 2016년 6월 9일부터 10월 30일까지 대학로 '연우소극장'을 중
심으로 20개 극단이 21개의 작품을 선보였다. 이 프로젝트는 정권의
반예술성과 반민주성에 대한 연극인들의 자발적 저항의 목소리를 표
출하였다. 후일 연극인들은 박근혜 탄핵을 요구하는 촛불 시위의 일환
으로 광화문 광장에서 릴레이 철야 농성에 들어갔으며, 이는 광장극
장 '블랙텐트' 운동으로 이어졌다. 헌법재판소에서 탄핵이 인용된 후
2017년 3월 18일, 블랙텐트는 해체되었다.

그해 여름, 죽음은 도처에 널려 있었다.

** 윌리엄 블레이크 시 「단상」 부분.

IV

고독의 공

분수대 너머로 소년들은 홀끔거리며
담배를 피우고

고깃간 사장은 핏물을 닦고

벤치 위의 노파는
팔 달린 애리조나 선인장처럼 앉아 있다

샌드위치를 뒤덮은 빳빳한 짧은 가시들
뭉턱, 베어 무는 노파의 분홍 틀니가
딱딱 소리를 낸다
푸른 인중에 은빛 가시가 반짝인다

공 좀 던져주세요!
공원 바깥에서 한 소년이 외친다

팡
공이 빌라 창문을 부수고 전 세계로 날아간다

어라
소년은 울타리를 톡 뛰어넘어 벤치로 온다

마주 보는 소년과 노파

두둥 멀리 북소리가 울리고

세계 끝의 소들이 거대한 산맥을 가르며
벤치를 향해 끝없이 달려온다
뿔로 눈으로 허공을 부수며

공과 함께 사라진 가난한 소년들

선인장이 있는 거실
오후의 볕이 들고
거리의 물냄새와 마늘 냄새가
빌라 벽을 타고 창문으로 올라온다

선인장들은 다 어디로 사라졌을까

누군가 파두*를 부르는구나
저 빨래줄 너머에서

노파는 소년의 팔 다리 허리 머리 접어
공을 만든다

소년의 눈에서 눈물이 뚝

나를 던질 건가요, 할멈?

공은 펴지지 않는다, 영원히

바늘과 바지, 흙 조금 흩날리는 쇠락한 도시에서

* 파두fado는 포르투갈어로 '운명'을 뜻하며, 리스본의 가난한 골목
길에서 자주 울려 퍼지는 노래다.

루아르강의 이방인들

진자는 내게 영어로 말했다
하이, 안녕
나는 바보 불어로 대꾸했다
봉슈어, 안닝허시오

지나가던 프랑스인이 말했다
웬 아이 워즈 어 차일드
강가의 젖은 나무에서 버찌, 냄새가 났다
더 브릿지 워즈 밤드

어떻게 된 거죠?

안경을 잃어버렸어요
쌀과 시집 원고도요
진자, 나는 빈털터리가 되었어요
파리의 집시 셋은 내 목덜미에 커피를 뿌렸죠
프랑스 경찰은 내 앞에서
와우 나는 잘생긴 남자지,라고 말했어요
아 쌀

나는 봉투를 손톱으로 찢어 터트렸어요
죄 없는 이의 무덤 위로
증오와 혐오가 함께 쏟아져 내렸죠
다 개새끼지요?

진자의 뺨은 오후의 뻔한 유럽 다리 위에서 붉어졌다

더 브릿지 워즈 밤드

여자도 사라졌어
춥군

진자, 내가 뛰어내리면 당신은 우는 거예요
하얼빈 출신 진자는 고개를 끄덕였다
그는 썰매를 끌고 온 소년처럼 언 강을 바라보았다
나는 웃음이 나왔다
진자, 당신의 이름에는 리얼,이란 뜻이 있어요

큰 싸바너리 아야

상큼상큼 다가와
레몬 한 알, 초밥 한 접시를 내게 건네며
휘파람으로 내 머리를 쓰다듬듯 말했다
하아히?
아유흐 오케이히?
헤브 섬 레스트흐?

어떻게 내가 쉴 수 있겠어요
아야
난 개와 소년이 굶어죽는 부자 나라에서 왔어요
아이 원 투 다이 이대로
곧 시코쿠로 돌아갈 아야는 나를 물끄러미 바라보았다
석양 속의 아야는 상상 속의 목동 같았다
밤하늘의 국자 속으로 사라질 듯 흔들렸다
아야, 당신의 이름에는 아파요,라는 뜻이 있어요

진자와 아야의 딸, 메이와는 말할 기회가 없었다
아주 오래된 무어성의 흙 한 주먹을 진자에게 주었다
메이에게 전해달라고

메이야, 너의 이름에는 5월이라는 뜻이 있단다
이 흙엔
16세기 공주와 왕자가 거닐던 봄날 정원의
부드러운 비밀이 담겨 있단다

식탁 위의 파시

　냉장된 가죽 소파, 등가죽 식탁보, 얼린 입술과 포 뜬
보지. 튀기듯 구워낸 젖가슴살 위로 검은 눈썹 장식. 그늘
에서 말린 귀와 코끝 발톱 타르트. 식탁이 완성되어갈 즈
음, 초대된 시인 D. 물랭은 상기된 뺨 한쪽을 찢어 마른
수국을 감싼 후 즉흥적으로 a에게 선물했다. 태양은 호리
병처럼, 서서히 아래쪽이 크고 묵직해지면서 거대한 불
방울을 원탁 위로 떨구었다. 편집자 p의 방문

　넌, 상년이야

　긴 사이

　쾌변처럼 쏟아지는 노을. 누군가 손을 들었다. 신이 있
다면 마누라도 있다. 그녀는 말할 수 없는 감정과 아름다
운 스트레스를 이 세계의 모든 상년들에게 퍼부었다. 노
을의 형식으로. 서쪽 해변의 식탁 위에서 해가 질 때, 눈
이 부신 a는 상추를 들고 미묘한 제스처를 취했다. 흘러
들어온 공업용 폐수 속에서 미친 록피시 몇 마리가 짧은
불어를 하기도 했다. 신의 마누라는 옆으로 누운 앳된 생

선들이 폭 늙을 때까지, 비늘을 자세히 비추며 반복적으로 밝은 아침과 코스모스를 내려줄 것이다

편집자 p는 무뚝뚝하다. 바이크 여행 중이던 서울대학 공대생도 이곳을 방문하게 된다

너구리 후

흙길에 동물 죽어 있다
툭
부러진 숨, 밋밋하고 순진한 눈 끝
어디야
낮이야 아무리 말해도 너는 모르겠지

다리 들린 채 딱딱하게 누워 있다
칠팔 분 노력해 중심 잡아 세웠더니
선다

뒤뚱뒤뚱 흔들리는
플라스틱 말 인형처럼
뒤이 뚱, 하고 쓰러진다

나는 정말 죽었다니까요

무슨 물이
은은하게 흘러나온다
똥꼬 주변으로

어제 그제 뛰어놀던 마을 지도를 그리듯

너구리야
너는 나랑 이렇게 만나는구나
나는 놀러 온 장수진이야

달달거리는 빈폴 자전거 타고
나는 다시 놀러 간다
곤드레 파는 영농조합 지나
형제세탁 끼고 똥꼬 왼쪽으로 돌아
유자다방 파라솔 밑에서
현미 언니가 싸 준 찐 고구마 까먹는다

엉거주춤하던 자전거 으앙 쓰러진다

아까 그 묘비, 소년 둘이
볼을 붙였다 뗐다 하며 쳐다보던 그 노오란 꽃
이름이 뭐였을까

호모 바닐라로 가는 씬

츰이 차츰 의자처럼 어떤 구조를 가지려 할 때
츰은 자주 꽃과 피스톨을 헷갈려 했지

이렇게 죽을 수 있어

어떻게

제3밀실의 포즈를 취한 채
앞모습이 잠든 연인들

문을 열고 바라보는 건
내가 아니야 나야

밤의 미술처럼

당나귀를 지속하려는 당나귀와
보이지 않는 프로펠러
보이는 미립인간과
잠든 채 뜯기는 것들

피와 모피

파국의 내부로 막 도착한
이민자들의 소묘 속에서
자꾸 흘러내리는 외투를 입게 된 나는

누구입니까

몸속에서 혀가 끓어 넘친다
버닐라 버닐라
뭉개진 씽긋

마지막 당근수프

드그 덩 드그 덩 작은 말들이 부드럽게 뛰어내리는
어떤 옥상에서

환자복을 입은 자들이 거리를 서성이며
귀 큰 코끼리를 기다리는 동안

소녀는 화사하게 날아올라 신경질적으로 곤두박질친다

당근?

소녀는 생각한다

3층 창가의 소년과 눈이 마주쳤던가

컥

소녀의 입속으로 쥐가 들어간다

소년은 당근수프를 끓이고

사랑은 어느 날 맨홀의 쥐를 향해 추락하는

모르는 소녀와

어느 날 끝장난 세계 밖의

모르는 소년과

우리가 몰랐던 사람

상점에 진열된 토끼와
주인과 아가씨는
한낮의 포근한 너구리 곁에서
흔들, 흔들

아가씨는 모른다
토끼털 이전의 산토끼는
동굴을 지배하는 집시의 묘처럼
어둠보다 더 깊은 신의와 멋을 지닌 채
죽어갔다는 사실을

주인은 말한다
"얘는 참 뜨겁고 앙칼진 핑크죠"

한때 산 토끼였던 쁘와 띠와 끄는
파리코뮌을 본뜬 토끼공동체
〈토끼뜀〉의 멤버였다
그들은 함께 뛰었고 노래했다

반짝반짝 작은 별 아름답게 찢기네
서쪽 지옥에서도 동쪽 지옥에서도
사랑도 명예도 이름도 남김없이
죽은 나의 친구여

그들은 죽었다
'리얼' '래빗' '백 프로'라는 새 이름이 붙었다

너구리 쿤은
갓 죽은 프리다이버 시체 몇 구가 떠다니는
이집트 심해의 검푸른 빛으로 염색되었다
쿤은 팔렸고
가수의 어깨에 재봉되어
티브이 속을 떠다녔다
쿤은 히트 친다
쿤의 친구들이 쿤처럼 죽어나갈 것이다
쿤은 문득 한 친구를 떠올렸다
사람 앞에서
사람처럼 주저앉던

돼지 픽

친구여
죽음 앞에 벌벌 떠는 고통은 다만 인간의 것인가

이것이 돼지인가

너는 너무나 노인처럼 보인다
너는 너무나 유대인처럼 보인다
너는 너무나 흐느끼고 있다

〈토끼뜀〉의 한 멤버는
긴 귀에 불을 붙인 채
푸줏간의 기름통 속으로 뛰어들며 외쳤다

이이이인가아아아안………

불붙은 그 비참한 얼굴
고기 창고의 교육받은 소년이 찍어 내리는 낫에

푹

푹 푹 사방으로

제니의 귓불

1부. 제니의 노래

그대는 공자지
아니요 공주지
떠돌이 개인가
개 잃은 신부인가

음이 점점 높아진다
제니는 온 힘을 다해 마지막을 부른다

나는 아들이었다지 아무도 몰랐다지

앵콜 앵콜

보이가 열대 과일 한 접시를 허리춤에 대고
무대 멀리 돌하르방처럼 서 있다
제니에 대한 존경심이 북받친다
지나가던 사장이 구아버 껍데기로
보이의 목을 후려갈긴다, 뭘 보냐

가서 일해

기타 솔로 좌— 앙—

돌아가는 디스코볼의 핵심 색깔은 무엇입니까

2부. 제니의 독백

궁극의 쇼 모델처럼
번개와 폭우와 안개를 몰고 온 환상의 제니
총알이 빗발치는 사운드 속에서
홀연히 등장한다

오빠가 내 머리채를 잡고 속삭였어요
봐, 자지들의 세상이야 모든 영웅들은
자지를 달고 태어나지
멋지지 않아? 난 내 자지가 아주 좋아
네 자지도
그때 총알이 내 귀를 스쳤어요

오빠의 얼굴이 폭죽처럼 터졌어요
보진 못했지만

폭죽을 터트린 자지의 후예들을 열거하시오

보이의 이름은 허 젠 삔

3부. 멀리, 허 젠 삔의 등장

누나, 제가 누나에게 총의 효과를 쏠게요
부디 죽는 척하세요
그래야 이 쇼가 끝나요, 근데

누나 너무 예뻐요, 사랑해요, 미쳤어, 후우!

4부. 뒤풀이

"재익아, 샷다 내렸다"

제니의 옛날 이름은 김재익

제니가 티슈로 입술을 지우며 말한다

"익이라고 하지 말라고"

보이와 사장과 제니는 얼갈이김치 국수로 해장한다

후루룩후루룩 그들이 대접을 들어 국물을 마실 때
고개 숙인 그들의 머리 위로
별똥별처럼 반짝이는 작은 살점
군 시절 찢어진 제니의 귓불은
이따금 그들이 쇼를 끝내고 딱
한잔할 때 나타난다
그것은 누구도 건드릴 수 없는
제니의 불이다

공포의 타인

얼굴 안에서 빙글빙글 돌아가는 얼굴
빠른 크로키로 태어나 목이 비스듬히 꺾인 나는
바람에 뺨을 날리고
눈을 툭 떨구는
서쪽 바보 외
엉터리 몇 명

노동은 악몽과 함께 시작된다
모든 이의 공포를 다 매입한 투기꾼처럼
공포로 공포를 불리고
공포로 바다를 메워 공포의 도시를 만든다
헉헉거리는 주인공처럼
죽어도 살고 살아도 죽고
도망쳐도 안 되고
주렁주렁 나무에 매달린 머리통들이
제철 죽음의 싱그러운 즙을 떨구며
여보 여보 나를 부르고

잠들면 안 돼

겁먹은 얼굴 위로
타인의 얼굴이 수천 겹으로 쌓여갈 거야
가깝게 좀더 친밀하게
거대한 탑이 되어
아, 하면 아, 하고
표정을 삼키며 무너지는 얼굴들

껌벅껌벅
터질락 말락

사슴 속에서

나는 달린다

자갈자갈 으득으득

다 나를 보네
다 뒤로 가네
푸르고 무표정한 산과 검은 농부들

여보우
나는 도시에서 왔다우
거기선
식당에 앉으면 죽은 사람 머리가 이렇게 와
와서
툭 쳐요, 숟가락을
착해요, 툭 치고 그냥 간다우

어쩌라고 나더러 어쩌라고

뻘을 긁는 간헐적인 호미 소리

태양 아래
썩은 사슴의 옆구리 같은 얼굴
한 인간
한 동굴
한 세기의 어둠과 탄식 낮게 깔린
미친 듯 환한 섬, 소록

저 빛에 맞아 죽을 것이다 나는
달린다

병을 훔치러 들어간 섬에는
병자들의 갈퀴 같은 손으로 심고 가꾼
대만 나무들이
일본식 건물 주변으로 벌겋게 타오르고 있었다

어떻게 이렇게 예쁜가

만지면 죽는다

예

만졌다, 나도 이제 아파요?
나도 죽어요? 냠냠 묻는다

지도부 아저씨들이 으실으실 웃는다

죽지 그럼
꽝, 하고 죽거나
피식, 하고 죽거나

아뇨, 지금 당장요!

한 병자가 나를 노려본다
파도에 끌려가는 자갈의 눈으로

으디, 유흥 쪽이여? 나랑 서울서 한번 만날라요?

왜요?

나가 다다음 달에 서울 한번 나강게
위로 쪼까
서울 처녀 번호 하나 주쇼

공일공 거시기 나는 서울 사는 장 아무개
유흥 쪽은 아니고
섬에서 있었던 일을 서울 남자에게 말하는

시골은 공기가 좋더라
밥도 맛있고
잠도 잘 오고
읍 *리*는 쪼까 섬뜩하고

와플 부서 먹으며 생각한다
거지 같은 년

불 지르고 앉어

불구경하는

헤헤헤 호호호

어머, 이 불은 정말 색달라!

이별의 말로

축배를 들듯 물 밖으로 쭉 뻗은 팔과 다리 활처럼 휘어
버린 건강 시간은 피에 젖지 않는다 손목과 시계가 욕조
를 떠다닌다 그날 누가 포도를 밟았을까 벽난로 앞의 남
자는 생각일까 외투일까 우리는 비누를 쥐는 습관이 달
랐지 비누 때문에 불행해진 걸까 뺨은 서쪽으로 번진다
텅 빈 외투, 둥 떠오르며 기억 속으로 들어가는 눈부신
거실의 주전자 오직 노을의 힘으로 불타는 물 우리는
목을 조르며 포옹했지 수증기 속에서 이별보다 죽음이
먼저 흘러나오도록 물속에서 목성으로 0시만 무한 반복
되는 곳으로 우리는 갈 수 있을까 이 사적인 행성에서 터
져버린 로켓처럼 이 별을 연구하는 과학자들의 거짓말을
나눠 가지며, 우리는 정말 헤어진 걸까

걸어도 걸어도 침실

그는 종종 외산 제품의 상표를 손에 쥐고 잠이 든다. 축축한 카펫과 불 꺼진 담배, 출처를 알 수 없는 증기 냄새가 뒤섞여 사내의 코를 찌른다. 가만, 수줍은 탕녀와 클럽을 돌기로 했던가. 한 손에는 쥐, 다른 손에는 맥주를 든 여자가 고개를 푹 숙인 채 사내 앞에 서 있다. 괴성을 지르는 아마도 영국 청년 서넛은 맥주를 끼얹고 서로 핥아 먹으며 죽어도 좋다는 듯 낄낄거린다. 그사이 여자는 흥분한 청년들에게 떠밀려 몇 번 흔들렸고 솟아오른 맥주는 여자의 손등과 팔목을 적시고 팔꿈치까지 흘러간다. 여자는 모른다. 무슨 일이 벌어지고 있는지. 죽어도 좋은 건 쥐였다. 여자의 엄지와 검지 사이로 툭 터진 쥐의 머리가 흘러나온다. 가만, 내 재킷 주머니에 비스킷이 있던가. 사내는 여자에게 비스킷을 건넨다.

"에이스, 해봐요. 우울할 땐 해태 에이스"

과자에 목이 멘 여자는 흠…… 하며 코로 바람을 뿜는다. 콧구멍을 꽉 채운 합성 밀크향 속에서 여자는 거대한 포만감을 느끼며 손바닥 밖으로 머리가 덜렁 넘어간 쥐를 기분 좋게 사내에게 내민다.

　누군가 수첩에 연필을 내려놓듯, 길가 쇠문에 한 토막 빛이 떨어진다. 가만, 지금은 새벽이 아니던가. 어쩔 수 없다는 마음으로 사내는 다가가 문을 연다. 어둠 속에 누군가 있다. 낯선 자의 방문에 어떤 기척도 없는 너무 작은, 너무 작은 꼽추. 그는 사내를 쳐다보지 않는다. 알 수 없는 시간 사이로 정적이 흐를 때 사내의 등 뒤로 바람이 분다. 팔랑, 쇳조각 하나가 날아가고 이내 문이 떨어져 나간다. 한 무더기의 빛이 왈칵 쏟아져 들어온다. 바닥에 흥건한 빛은 꼽추를 향해 스물스물 움직이다 마침내 그의 등을 활활 태운다. 꼽추의 뼈마디는 조금씩 끊어진다. 외투가 먼지를 일으키며 약간씩 출렁이기 시작한다. 서서히 일어서던 꼽추의 몸이 사라지고 있다. 사내가 불현듯 먼지 사이로 꼽추의 매끈한 콧잔등 같은 것을 보았다고 생각하는 사이, 반쯤 남은 꼽추의 몸이 사내를 향해 기울어진다. 가만, 이것이 마지막이라면, 이것이 죽음이라면. 그는 무언가 껴안았다고 생각했지만 꼽추는 이미 사라진 후였다. 사내는 점점 등이 뜨거워진다. 아무도, 아무노 없군. 사내는 자신의 가슴을 순식간에 스쳐간 너무 작은 꼽추의 귀가 어쩌면 영원히 자신의 몸 어딘가를 서성일 것 같은 기분에 사로잡힌다.

여보, 물 한 잔

잠이 깬 사내는 비스킷을 먹다 잠든 아내의 얼굴을 바라본다. 그녀의 머리칼 속으로 손을 넣자 한 줌 흙이 딸려 나온다. 사내는 입술 가까이 손을 가져가 후우…… 하고 입김을 분다. 아무도 모르게 흔들리는 물처럼 희미한 우울이 조금씩 퍼져나간다. 출근 준비를 하는 동안에도 등의 열기는 사라지지 않았다. 걸어도 걸어도 무한한 밤이었고 이상하고 서글픈 순간들이 반복되었다.

V

인서트

퉁!

전속력으로 날아와 카페 통유리에 머리를 박고 떨어지는 새. 카페 입구에 놓인 [어서 오세요] 새는 어서 오 '세' 위에 쓰러진다. 누군가 커피를 시키고 커피를 쏟는다. 다리를 덜덜 떨며 몸을 반쯤 일으킨 새의 머리가 훌러덩 넘어간다. 어머 이게 뭐야, 화들짝 뛰는 여자1의 구두. 새의 머리는 훌러덩, 발라당, 지그재그로 움직이고, 새는 날갯짓을 하며 제자리에서 핑글핑글 돈다. 어머 이게 뭐야, 화들짝 뛰는 여자2의 구두. 새는 창피하다. 부러진 목과 이런 죽음이.

새는 날아올랐다. 고개를 폭 떨군 채, 자신의 죽음을 끌고 아무도 없는 주차장까지 가더라.

마담의 뿔

늙음이여, 추함이여, 섬광처럼 내게 오라. 나를 죽여다오. 나를 죽이는 나를 죽여다오. 늙는다는 게 뭐지, 뭐예요, 뭡니까! 죽음이고 나발이고! 나는 침을 튀기며 떠들다 악몽을 밥통처럼 끼고 앉아 퍼먹었다.

눈을 감으면 눈꺼풀 대신 불이 눈두덩을 덮었다. 얼굴 위로 죽은 새들이 모여 멍멍 혁혁혁, 짖어댔다. 혁명에 실패한 친구들과 나는 흑백 화면 속에 있었다. 나는 어깨가 큰 남자. 꼰대, 선생, 선배, 대통령을 향해 총을 겨누었다. 오리는 꽥꽥이 아니야! 나는 우스꽝스럽게 늙지 않겠다. 지금 죽는다. 탕!

샥특샥특, 오른손잡이는 왼손을 쓴다. 피는 한곳으로 흘러 검붉은 노파로 일어났다. 플라스틱 드레스를 입고서. 누구냐, 넌. 나는 여자. 오, 신경질 나, 여자. 할 수만 있다면 거대한 한낮의 태양도 갈기갈기 찢어 더 큰 불 아래 복종시키고 싶었다. 신이 있다면 한판 하고 싶었다. 여자는 머리가 풍만해야 해. 파마해, 아가씨. 예쁘면 좋지. 싫어요, 예쁜 거 너나 하세요. 내가 원하는 건 맵시 없는 더벅머리. 동굴 속에서 야매로 최면당하다 불에 탄 머리.
그런 구린.

　띠, 미러볼, 큰 수염, 가짜 주먹, 선수 입장. *마술 용품*
가게였다. 나는 위험한 손님이었다. 주일학교 출신에 대
학도 나왔고, 여배우였다. 하나를 사면 반드시 하나를 더
훔쳤다. 나는 훔친 가발을 쓰고 다시 돌아와 미러볼 아래
에서 흔들었다. 주인은 몰랐다. 나는 그곳을 지배했다.

　머리를 밀었다. 눈썹도. 뭉개진 무지개 가발을 썼다. 연
극이다.

　「*하녀들*」*

　오, 나의 하녀. 대머리 하녀. 죽음의 하녀. 영원한 하녀
여. 내가 오기 전에 뭘 하고 있었던 거니. 온 집 안의 사물
들이 모두 비밀을 말하고 있구나. 뺨에 연지를 발랐군.

　예쁘고, 무섭구나.

나의 마담이여, 썩은 굴처럼 늙어갈 대저택의 마지막
여인이여. 기다리고 있었습니다. 당신의 목을 조르기 위
해. 당신의 드레스, 당신의 우유 배달부, 당신의 관능적
인 사물들 속에서. 보세요, 보석처럼 빛나는 고귀한 나의
고무장갑을. 밥을 먹을 때도 잠이 들 때도 당신의 방에서
흘러나온 상한 우유가 나를 능멸하는 순간에도, 나는 고
무장갑을 벗지 않습니다. 나는 당신이 버린 구두를 신기
위해 수챗구멍 속에서 태어난 하녀. 전쟁과 테러, 가난과
역병보다 더 무서운 천둥 계집애니까요. 모피 코트를 입
고 도망치는 자여. 싸구려 동정과 푼돈으로 삶을 기만하
며 너그럽게 웃어넘기는 학살자여, 더 멀리 도망치세요.
나는 찻잔을 들고 들판을 뛰어 산을 넘을 것입니다. 천진
한 얼굴 당신의 붉은 입술에 뜨거운 죽음을 끼얹기 위해.
나는 당신의 마지막 하녀니까요.

마담의 뿔은 대머리 포로의 광활한 정수리에서, 뱀파
이어의 입김처럼 나타났다 사라진다.

연극을 할 것이다.

고매한 미치광이, 신과 대결하는 소녀, 지하철 안에서
갑자기 울음을 터트리는 사람을 나는 본 적이 있고, 연극
은 술처럼 흘러 밤을 잃은 자에게 새벽을, 아침을 증오하
는 자에게 낮의 취기를 선물하지.

그러나 연극이여, 무대도 배우도 그 어떤 신비도, 연극
을 모르는 노인의 컴컴한 눈동자를 흉내 낼 수 없을 것이
니, 다만 흘러갈지어다. 죽음을 사고파는 시끌벅적한 시
장통을.

* 장 주네 희곡 「하녀들」의 하녀와 마담의 구조에서 착안.

한 사내

까슬까슬한 가죽. 우그러진 뼈다귀. 불길하고 신묘한 눈의 사내는, 배낭 깊숙이 넣어두었던 마지막 남은 멸망한 조각을 신에게 내밀었다. 겁에 질린 신은 수수밭에 엎드려 기도문을 읊기 시작했다. 짧은 침묵 사이로 해가 바뀌고, 폐허가 된 나라에서 작은 아이들이 태어나고 죽었다. 이윽고 신은 말했다. 아무도, 아무것도 기억나지 않아. 신이시여, 늘 하던 대로, 아무 말이나 지껄이게. 무심한 저 검둥개에게. 사내는 수수밭을 느리게 걷고 있는 개를 가리키며 말했다. 신은 개에게 물었다. 그 주둥이에 물고 있는 것은 무엇입니까? 개는 대답했다. 새다. 네가 날개를 주었고, 힘을 주었지. 그리고 투명한 유리 벽을 향해 날아가라, 명령했지. 그대는 정녕 축복을 모르는가.

신경증자들의 대화

객실. 둘은 마주 보고 앉아 있다. 기차는 달린다.

짐: 그러니까 자넨 깜빡이지 않았단 거지?

칸: 아냐, 깜빡였어. 좀 전까지 깜빡이고 있었다고.

짐: 내가 그새 또 깜박했나 보군.

창밖으로 빠르게 지나가는 나무와 나무. 사이.

칸: 자넨 왜 자꾸 뒤꿈치를 들썩이는 건가? 신경 쓰이게.

짐: 뒤꿈치가 들썩였어? 그럴 리가. 난 그저 자네의 눈
    을 주시하고 있었는데.

칸: 왜지?

짐: 기억나질 않아.

칸: 뭐가 기억이 안 난다는 말이야?

짐: 뒤꿈치. 뒤꿈치에 관한 모든 것.

칸: 내가 기억하네, 자네 뒤꿈치는.

짐: 내 뒤꿈치를 기억한단 말이야?

칸: 물론, 하지만 난 자네가 왜 내 눈을 주시하고 있었
    는지를 물었네.

짐: 그건, 자네가 눈을 자꾸 깜빡여서 신경이 곤두섰기 때문이지. 그런데 자네가 내 뒤꿈치를 들먹이는 순간 난 온통 내 뒤꿈치로 신경이 쏠려버렸어. 그래, 자네가 말한 뒤꿈치는 오른쪽이야, 왼쪽이야?

칸: 오… 옳은 쪽이었네.

짐: (오른발을 개미만큼 움직이며) 이쪽?

칸: 아마도?

짐: 아마도? (왼발을 개미만큼 움직이며) 이쪽?

칸: 어쩌면?

짐: 어쩌면? 자네 정말 나를 곤란하게 하는군. 자네가 말하는 오른쪽이 어딘가?

칸: (오른발을 개미만큼 움직이며) 이쪽?

짐: (왼발을 개미만큼 움직이며) 이쪽이라고? 이게 어떻게 오른발인가? 오른발은 이쪽이지. 누가 봐도 이쪽이 오른발이네. (오른발을 개미 두 마리만큼 움직인다)

사이.

짐: 오른발이고 오, 오른쪽이고 어쨌든 지금은 그만하
세. 기분이 나빠지려고 해. 풍경을 좀 봐야겠어. 자
네 정말 이상하군. 오, 오른쪽이라는 것이 혹시 내
가 모르는 그 무언가를 암시하나? 어서 털어놓게.

칸: 그냥 선택하게, 아무 쪽이나. 내게 말하지 않아도
좋아.

짐: 그런데 자네 말투가 왜 이렇게 진지하지? 선택?
이 작달막한 기차간에서 오른쪽 따위에 선택을 운
운하다니, 맙소사. 좀 전엔 기분이 나빠질까 말까
했지만, 이젠 정말 기분이 나빠. 완전히. 어쨌든, 자
네의 오, 오른쪽은 이쪽이란 말이지? (왼발을 개미
만큼 움직인다) 그러니까 자넨, 칸의 오른쪽을 내게
말했군. 난 짐인데. 왜지?

칸: 질문과 답을 동시에 하고 있군.

짐: 그렇지. 자네가 칸이기 때문이지. 칸의 오른쪽이
라…… 이거 아주 흥미로운데. 그렇다면, 칸의 오른
쪽은 도대체 누구의 오, 오른쪽인가? 대답해보게.

칸: 재미있어지는군.

짐: 그렇지?

사이. 기차는 달린다.

칸: 칸! 나는 칸이지. 그런데 칸은 뭐지? 칸은 칸이지.
   한 칸, 두 칸, 다음 칸이나 다른 칸일 수도 있지. 그
   리고 카안…… 하고 길게 부르면 순식간에 칸의 세
   계가 열리지. 온갖 시시한 사물들과 이야기가 줄줄
   이 쏟아져 나오고. 다 쓴 건전지, 멜론 구입 영수증,
   스미스 씨가 보낸 행운의 편지, 고장 난 손목시계,
   너무 화려한 인조 깃털, 선물 받은 매발톱 브로치
   같은 것들 말이야.

짐: 매발톱 브로치 같은 걸 선물이랍시고 주는 작자가
   있다니. 정말 싫군. 매발톱이라니. 정말 싫어. 절벽
   도 아니고 사람의 가슴팍을 움켜쥔 맹수의 발톱 따
   위가 도대체 무슨 쓸모가 있담?

칸: 장식을 좋아하는 사람이라면.

짐: 너무 야만스럽지 않나? 매발톱이 당장이라도 사나
   운 매가 되어 그자의 심장을 쪼아 먹을 것 같아. 어

쨌든. 너무 화려한 인조 깃털? 아마도 타조털을 흉내 낸 것이겠지. 그걸로 시계 초침의 먼지를 털겠지. 상상만 해도 끔찍하군. 먼지가 풀풀 날리는 서랍 앞에 쪼그리고 앉아 불현듯 나타난 영수증의 그날을 떠올리며. 그날 나는 왜 멜론을 사 먹었을까, 나는 좀처럼 멜론을 좋아하지 않는데, 멜론은 몇 조각으로 잘랐을까, 두번째, 여섯번째 조각은 누구에게 건넸을까, 아, 멜론은 미끄럽잖아, 저런, 입에 넣으려던 멜론이 포크를 빠져나가 무릎에 떨어지진 않았을까? 오, 그건 너무 처참해, 혹시 카펫 위에 과즙이 몇 방울 말라붙은 건 아닐까? 그런데 27달러라니, 나라면 그 가격의 멜론을 사 먹었을 리가 없잖아? 세상에…… 멜론은 영수증을 통해 분명 뭔가를 암시하고 있어. 뭘까, 내가 기억하지 못하는 그 무엇, 도대체 뭘까? 알 수 없는 세계에서 쏟아져 나온 먼지를 들이켜며 고개를 절레절레……

칸: 다음 칸에 그 모든 비밀이 숨겨져 있을 수도. 주먹을 쥐면, 주먹을 둘러싼 온갖 것들이 생겨나듯. 주

먹과 주먹질, 한 대 맞은 눈과 두 대 맞은 눈, 피와 증오, 토론과 논쟁, 심판과 판결문, 죄와 죄인, 죽음과 영원처럼.

짐: 모자와 토끼, 당나귀와 봇짐처럼?

칸: 이불과 악몽처럼. 아까 대합실에 굴러다니던 책에 이런 구절이 있었네.

"망각의 강을 건너려는 자들은 오른손에 쥔 생의 기억을 왼손으로 넘겨주며 왼쪽으로 몸이 기울어진다네. 통곡의 바람이 불면, 무거워진 왼손은 자꾸 왼쪽으로만 돌아 그들은 영원히 제자리를 돌게 된다네"

짐: 슬프군.

칸: 뭐가?

짐: 자넨 주먹이 없잖아?

칸: 주먹이 없는 게 슬픈 건가, 주먹 얘기를 하는 게 슬픈 건가?

짐: 모르겠어.

칸: 도대체 뭘 모르겠단 말이야? 자네는 늘 그런 식이

야. 차라리 침이 고인다고 말해. 아니면, 두 발의 총알을 맞은 사내가 세번째 총알을 기다리고 있다고 말하게. 알겠나?

짐: 어쨌든, 주먹이라니. 싫군. 주먹질이라니. 정말 싫어. 거추장스러운 매발톱 브로치를 달고 허공을 향해 영원히 주먹질을 하는 작자라니. 원투 원투! 영원이란 단어에서 침이 고여.

칸: 자네는 영원을 믿나?

짐: 두 발의 총알을 맞은 사내가 세번째 총알을 세번째 총알을 맞은 사내가 네번째 총알을 네번째 총알을 맞은 사내가 다섯번째 총알을 다섯번째 총알을 맞은 사내가……

칸: 언젠가 왕의 무덤에 오른 적이 있었지. 새 떼가 내 머리 위로 지나갔어. 각각의 새들은 일정한 간격을 유지하며 함께 빨라지고 함께 느려졌지. 한 번도 본 적 없는 아름답고 기이한 패턴이었어. 그런데 불현듯 어떤 새 한 마리가 하늘의 거대한 문양을 흐트러트리며 무리로부터 멀어지기 시작했어. 그리고 무덤에 사뿐히 내려앉더군. 멀리 벗어나는

제 삶의 명징한 수학적 이치에 탄복하며 홀로 남은 새는 왕과 함께 하늘을 올려다보았어.

짐: 그 새는 다시 날아올랐나?

칸: 자넨 모든 새들이 날기를 원한다고 생각하나?

기차가 정차한다. 한 노인이 승강장에 서 있다. 기차의 문이 열린다. 노인은 움직이지 않는다. 한 줄기 빛이 그의 은빛 머리칼을 쓰다듬으며 지나간다. 머리가 부드럽게 헝클어진다. 그의 눈가엔 평온과 긴장이 섬세하게 교차한다. 잠시 시간이 흐르고 기차의 문이 닫히려는 찰나, 노인은 들고 있던 우산을 정확하게 문 안쪽으로 던진다. 우산이 펑, 펼쳐진다. 기차는 굉음을 내며 부서지듯 출발한다. 바람이 분다. 그의 뒤로 끝없이 펼쳐진 검은 숲이 한쪽으로 휘어진다. 달리는 흑마의 갈퀴처럼. 그의 머리칼은 철로를 향해 거세게 몰려갔다 몰려온다. 점차 신비로운 미소를 띠는 노인의 얼굴 위로, 소년과 돌고래가 함께 유영하듯 이마의 주름이 힘차게 일렁인다.

짐: 또 못 탔군.

칸: 저자는 영원히 안 탈 거야.

짐: 아무래도 그렇지? 의뭉스런 늙은이 같으니라고.

칸: 짐, 자네 혹시 뒤꿈치를 들썩였나?

짐: 지금?

칸: 아니, 좀 전에.

짐: 좀 전이라…… 그게 도대체 얼마나 조금 전이지? 내가 보기엔 자네 눈에 다시 경련이 일어난 것 같아.

칸: 짐, 그 뒤꿈치 좀 가만히 내버려둘 수 없겠나? 신경이 곤두서고 있어…… 부탁이야.

짐: 칸, 나야말로 신경쇠약이 몰려오고 있어. 무언가 흔들리는 건, 내 뒤꿈치 때문이 아니라 자네의 눈꺼풀 때문이라고. 바로 그 눈꺼풀이 오르락내리락 하며 공기를 흔들고 어떤 파장을 일으키는 거야. 그건 마치 전기 자극을 받은 뱀이 발작적으로 돌진해 내 이마를 쿵 찧고, 또 찧고, 또 쿵 소리를 내며 나가떨어지는 것과 거의 흡사해. 하지만 자네는 끊임없이 눈을 깜빡였고 그때마다 새로운 뱀이 나타났지. 우리가 얼마나 달려왔지? 그래, 그동안 자네는 도대체 몇 번이나 눈을 깜빡였을까? 도대체 몇

마리의 뱀이 내 머리를 후려친 거냐고. 수천? 수만? 자네는 모르겠지. 이제 와 말이지만, 난 정말 머리가 떵하고 멀미가 올라왔네. 하지만 난 최선을 다해 자네의 말에 집중했어. 자네의 주먹질에. 그리고 나의 끔찍한 두통에 대해선 한마디도 언급하지 않았지. 왜? 자넨, 예민하니까!

칸: 진정하게.

사이.

짐: 칸, 다시 한번 생각해보게. 내가 정말 뒤꿈치를 들썩였나?

칸: 웅.

짐: 정말 난감하군. 내가 대화 중에 뒤꿈치나 들썩이는 불한당이라니.

칸: 뒤꿈치 몇 번 들썩인다고 불한당인가? 억지가 심하군.

짐: 몇 번이라니, 한 번이 아니었단 말이야?

칸: 한두 번이었을 거야.

짐: 한 번이야, 두 번이야?

칸: 왼쪽은 한 번, 오른쪽은 두 번이었네.

짐: 엇박이었다니……

흔들리는 객실. 노인의 우산이 원을 그리며 핑그르르
돈다.

돌이킬 수 없는

개라니

들판을 뛰고 헤엄도 치던 개라니
그러다 끝내 야들야들해지는 개라니

"개고기처럼 해 개고기
공주님처럼 하지 말고"

선생님은 젓가락으로 무릎 찌르며 내게 말했다

"그럼 넌 망하는 거야"

욕조에 들어갔다
냄비에 들어간 한 마리 개처럼

목줄을 한 채 길을 떠돌다
털북숭이 아저씨가 던진 소세지에
펄쩍 달려들어
피를 토하고 사지가 굳어버린 개처럼

아름답고 처연하고 웃기고
말도 안 되는 모든 장면들이
눈앞에 펼쳐졌지만

나는 아무 말도
아무 몸짓도 할 수 없었다

그렇게 외로운 고기가 된다

그것을 콱,
무는 순간

다리 뜯긴 한 대접 개처럼 물속에 누워

꿈에는 독이 있어
달고 짜고 죽이지

힌트는 마녀

여어, 웅크리고 잠드는 자여
키보다 작은 침대의 주인이여
나를 기억하겠나?
4대 비극을 겨드랑이에 끼고 거드름을 피우며
시장에서 그 구닥다리 구두를 살 때였지
주인 몰래 날 슬쩍

제발 내 인중에서 이 수염 좀 떼주게
난 인민을 사랑해, 이런 히틀러식 수염은 나랑 어울리
지 않는다고
물론, 그 대가로 난 자네에게 깊은 우정을 표하겠네
기대하게, 난 셰익스피어보다 잘생긴 예언자라네

저런,
얼어 죽은 자의 가죽부츠를 신고
무덤가에 홀로 서 있어
슬퍼하는군
인간들의 감정이란 참 오묘하단 말이지
자넨 신발의 전 주인처럼 걸어가네

한쪽 무릎으로 애도의 작은 동그라미를 그리며

자넨 사랑에 빠져
운명 운명 이를 빡빡 갈면서
형편없는 극작가의 대사를 죽도록 반복하고 있군

　　　　　　　　사랑은 천둥 속의 돼지로다
　　　　　　　　　　사랑은 우르르 꿀꿀

자네의 이름은
맹 깡 탕

그는 군인이었어
전쟁을 좋아했고 늘 승리했지, 한쪽 다리를 잃긴 했지만
여전히 손아귀 힘이 좋고 악명 높은 바람둥이였지, 어
쨌든

4막 1장, 거실 복판엔 늙은 태양이 엎드려 있네
자네는 침대를 머리에 얹고 졸고 있군

의자를 차곡차곡 쌓아 올린 채
아편에 절어
침대는 모자요, 의자는 새로다 중얼거리며
지옥의 무게를 견디는
1그램의 거인이 되는 꿈을 꾸네
아득해 보여, 어쨌든

너는 그의
아홉번째
털북숭이 여인에게 가장 매혹된다네

푸짐하고 미끄덩한

공포로 부푼 돼지의 궁둥이를
방망이처럼 휘두르며
한 놈 한 놈 지옥으로 보내는 그녀의 털
한 올 한 올에 집중하며

한 발 한 발 총을 쏘듯 말하지

어여쁜 나의 짐승, 들끓는 야만이여
나를 끓여 저어 삼키시게, 나 그대 내장에서
부드러운 죽 되리니

연극이 끝났군

졸던 관객들은 다 사라지고
로비에서 술 한잔 걸치는 이 없네

곧 천둥이 내려칠 거야
그녀는 없고
자넨 극장을 나와 걷지
구겨진 4대 비극을 여전히 겨드랑이에 낀 채
세 명의 마녀와 마주치지

우정?

자, 이제 내 수염을 떼주겠나

오 달러 여인

눈길을 달리는 곱슬머리 마부여

네가 태운 여인은
겨울을 몰고 온다네

눈 밑에 깔린 시체를
텅 빈 말의 안장을

저 여인은 무기를 지녔다네

사랑에 빠진 너의 심장과
냉소를

말은 슬피 우네

ㅇ ㅎ ui

남 켄튼 마을의 장정을 여덟이나
해치우고

아이처럼 까르륵 올라탄

여인이 싫어

주인이 미워

북 켄튼 마을의 보안관을 향해

눈길을 달려가네

갈퀴가 끝내주네

이랴, 굴러떨어져라 이별이여

앞니 빠진 애인이

키스 같은 총알을 뱉을지니

석관동을 지나

이거 똥이야? 22평 모델하우스 전시용 변기에 똥이 푹 퍼져 있다. 누군가 묻는다. 이거 진짜 사람 똥이에요? 거 참, 냄새나는 거 보면 몰라요? 저…… 이거 혹시 미술 아닐까요? 정적이 흐른다. 젊은 부부가 손을 잡고 석관동을 지나 안방으로 간다. 전시용 침대에 누워 잠을 청한다. 잘 자요, 여보. 여전히 정적이 흐르는 욕실. 누군가 속삭인다. 여보, 우린 45평으로 가요. 중년 부부가 조용히 그곳을 떠난다.

2

쌀가마니처럼 의자에 묵직하게 눌러앉은 손님. 혜영은 가위를 쥔다. 이발은 하지 않고 가위춤을 춘다. 사장님 가발은 분홍으로 염색해드렸고요, '고요' 부분에서 억눌린 석관동 억양이 살짝 배어난다. 분홍이라니 저런 몹쓸 년, 너 아버지 고향이 어디니? 느닷없이 나타난 부인들이 샴

푸 린스 에센스를 혜영에게 던진다. 피와 샴푸가 뒤엉킨 혜영의 정수리에 부글부글 뽕이 올라온다. 부인들 다 같이 앉아 저 아가씨 비극 헤어 멋지다고, 해달라고.

3

다다는 마약쟁이 예술가가 되었다. 뉴욕행 비행기 안에서 그는 쉬지 않고 약을 했다. 미친 다다는 연신 낄낄댔고, 기침과 방구를 번갈아 터트리며 자꾸 모로코산 새끼 양갈비구이를 주문했다. 야전잠바에 머플러 차림으로 의자에 앉아 휘청대던 다다는, 동네 중고 가구점의 터무니없이 비싼 협탁처럼 보였다. 수평조차 맞지 않는. 스튜어디스가 다가왔다. 다다 님, 꿈꾸시는 김에 퍼포먼스 한번 하시겠습니까? 문, 열어드릴게요. 약에 취한 다다는 더 이상의 반항도 대꾸도 하지 못한 채, 남겨두었던 기내식 비프에 코를 박았다. 그는 늘 버스를 타고 뉴욕으로 향한다. 종점에서 종점으로, 석관동을 지나.

6백 년 전의 기도

오후의 공원에서
미지근한 빵을 먹으면 이내 분명해지는 것

살아 있다는 화사한 공포

분수대 안에서
동전을 던지며 첨벙첨벙 뛰노는 아이들
엄마는 저만치, 할머니는 무덤가에

집이 무너지기 전에
고아가 되기 전에
마지막 동전이 떨어지기 전에 잠들면 좋으련만

팡파르가 울리네
앳된 병사들은 작은 북을 치며 행진하고
폭격이 오려나 이 도시에
아무 이유도 없이
우리 오늘 죽으려나

아이야 이리 온, 누군가 우릴 위해 기도하고 있단다

14세기 이름 없는 섬의 수도원에서
6백 년 후의 후손을 위해 누군가 무릎을 꿇는다

소용없군요, 당신의 기도 당신의 무릎

오늘 이 언덕의 오래된 선물가게는
훗날 대학살의 시계탑이 될 테고
당신의 수도원은
역사상 가장 끔찍한 수용소가 되었으니

우리는 매일 죽어가며 다른 빵을 찾고
잠깐씩 백치가 되고
어쩔 수 없겠지요, 살아 있다는 것

하지만 나는 당신의 후손이 아닙니다
시간은 수직으로 흐르지 않아요

나의 침상에서 숨을 거둔 포로는 내게 오늘의 빵을 남겼습니다

쥐의 혁신

팟, 은색 뺨에 사과 모양 불이 켜진다. 내 뺨은 전기를 빨아들인다. 과학과 인간을 연결하며 은색 뺨은 크게 유행할 것이다. 내 뺨 속에는 쥐가 산다. 오른쪽 광대뼈 아래로 세로로. 개와 밥을 나누어 먹던 시궁쥐. 허연 쌀 속에서 날카롭게 번득이던 미세한 눈, 불온한 표정. 서가를 드나들며 종잇장에 베인 짧고 관능적인 흉터를 드러내며 쥐가 말했다. "인문학적으로 살고 싶소." 쥐의 '싶소' 투는 웃기지 않았다. 흔쾌히, 나는 쥐를 먹었다. 실험실과 시궁창, 식자들의 호소문으로부터. 미래의 인류는, 좋아요 슬퍼요 힘내요, 세 가지 방식으로 쥐식인을 숭배할 것이다. 개는 개집에 둔 채. 팟, 사과에 불이 켜진다. 법과 이웃 속에서 걸터앉는 기구를 세밀하게 관찰하던 쥐가 말한다. Think Different. 당신의 쥐가 어떤 일을 해낼 수 있는지 상상하세요. 쥐가 내려다보는 지구적인 풍경은 더 이상 인간의 것이 아니다.

사라지는 장미 정원

나는 오월의 끔찍한 장미 나무를 지나 전파를 타고 날아간다. 애인 집으로. 뚜… 뚜… 신호음이 가는 동안 몇몇 여인과 혼선이 되었다. 뚜… 뚜… 여보세요. 왔군요, 나의 미인. 오, 이제 전화기의 시대도 끝난 것 같아요. 다른 집으로 갈 뻔했지 뭐예요. 저런, 오느라 애썼어요, 나의 미인. 그런데 말입니다. 도대체 미래란 어떤 걸까요? 글쎄요… 무언가 죽겠죠. 사라진다고요? 네, 장미희 씨가 사라질 거고, 김청 씨도 아마. 슬프군요. 미인이 사라진 나날이라.

오, 당신은 여전히 센베이 과자 부셔 먹으며 미인 운운하는군요. 밤새 재봉틀을 돌려 임신, 사랑, 문학, 열병 같은 것들을 만들어내다니요. 방문을 열고 나가봐요. 울타리의 장미가 모조리 썩어 들어가고 있어요. 오, 당신의 노동을 의심하고, 이제 우리 과학해요. 나는 그따위 쯔쯔가무시 같은 것들이 필요치 않아요. 당신의 재봉 기술로 차라리 로켓을 만들어요. 그래요, 우리는 화성으로 가야 해요. 그곳의 화장실이 차갑고 간결한 미를 추구한다는 소문이 경성에 돌고 있어요. 오, 나는 도래하는 토일렛을 이

용해보고 싶어요.

그것의 이름은 '너의 종말'로 하죠.

VI

제인의 미래

힝힝

말은 세게 웃지

잇몸에 눌어붙은 불개미들 좌악 보여주며

처량하지, 달리고 싶어

몸부림치며 모래 요정

땅딸보의 잠을 깨우지

바람, 불면

모래와 제인이

로키산맥을 달려

마구마구 달려와

끼익

탁, 서지

저 말 앞에서, 우리는 앵두를 밟는다

앵두, 앵두를

외치는 反앵두 제인

북부의 제인

청바지 입었구나

뒷주머니엔 병맥주

기타 치겠구나 밤새

불고

부수고

맑스를 읽고, 금발

불태우겠구나

불길한 아름다움

침실과 거실을 버리고 동맹을 만들어

오면서 뻥뻥 때려 부순 산을

가면서 척척 쌓겠구나

수염 기르고

들개 수백 마리 속에서 푹 잠들고

애와 개와 평등, 그리고 오두막

오두막, 그것은 무엇인가 생각 또 생각

가랑이가 찢어진 청바지를 기워 입으며

자본론, 불태우겠구나

몇 년 살던 오두막을 버리고

다시 산을 넘을 때

아무것도 부수지 않는다

제인은

앵두 파는 소상인과

앵두 사는 청년들을

슬픔을 뺀 모든 감정으로 바라본다

개도 다르다 이곳

힝힝

그러게 말이 세게 웃지 빌딩과

미술관 사이에서

조금 늙은 그대 말 근육 제인

질문들

죽음은 어떤 걸까

어제 밥을 짓던 한 여인이

오늘 수만의 군중 앞에서

큰 소리로 선언문을 읽는다는 것은

그때 한 사람이

한 움큼의 태양을 손아귀에 쥔 채

군중 밖으로

영원히 사라진다는 건 어떤 걸까

타인의 잠

자고 있는 언니를 불 지른다
언니는 할리우드로, 날아갈까

던지면 허공에 집을 짓는 흰 뼈들

나는 질문을 던지고 공포를 받아먹는
유인원
가난과 몰락이 내게서 시작되었지

영화에 대해 얘기하자 언니
큐브릭?
아니지, 영화는 정우성이지, 언니는
정우성 친구지, 그는 아름답지
동의해

언니 나는 존엄에 대해 말하고
쓰고 싶어
그건 시도 아니고 연극도 아니야
그 둘을 합친 것보다 더 비루한

한 톨의 먼지, 그저 걸어 다니는
인간일 뿐이지

아무것도 없는 방바닥을 파고 할퀴고 물어뜯다
서서히 미쳐버린 우리의 마지막 첫 개에 대한
끝내 말할 수 없는 감정이지

꿈은 잠든 자의 그을린 집일까
혹은 무덤처럼
아무도 들어주지 않는
음울한 독백의 장소이거나

꿈은 그저 관이라고

그래도 나는 어느 무덤에
노란 귤 한 바구니 넣어주고 싶어
누구든 실컷 먹고
귤색의 새가 되어 한번 더 날아가라고
아무거나 떨어트리고

아무렇게나 웃어버리던 시절에
손가락 사이로 스스르 빠져나가던

부드러운 흙처럼
흙을 데려간 바람처럼
남쪽에서 남쪽으로

어렵지 않은 귤 한 조각의 곡선으로

방문을 바라봐
그 너머의 언니를
숲과 은하
몸에 어린 무수한 등고선과
꿈이 소용돌이치는 귓바퀴를
작은 언덕 모양으로 잠든 언니의
쌔근거리는 숨소리에 가만히
귀를 기울이며

타인의 잠을 방해하지 않는 정도로

고희동*

둘리

도우너

또치

박정자

고길동

고영희, 고철수

마이콜

맛 좋은 라면

희동이

지금쯤 보험 외판원이 되었을까. 단벌신사 고희동 사원. 취미는 장구 치기. 별명은 쌍문동 공포의 젖꼭지. 운동 못함. 주량은 소주 한 잔. 전공은 박승철헤어과. 졸업하고 박승철 헤어스튜디오에서 실습하면 취직도 된다더니 안 됐어. 힘만 셌지 손재주가 없잖아 고희동은. 아르바이트로 결혼식 축포 터트리기를 했지. 흰 장갑 끼고 주말마다 나가 신부 옆에서 뻥뻥 터트렸지. 벚꽃 피는 여의도를 걷다 보니 세상 나름 살 만한 것도 같고. 불꽃 연출가 고희동이 되기로 했지. 안 됐지. 애매하거든, 명함 주기

도 그렇고. 질문도 너무 많아. 불꽃을 연출한다는 것은 뭐
냐. 꽃에다 불이라도 지르냐. 고기집 불판으로 당장 뭐 하
나 연출해봐라. 못 하냐. 너는 그 일로 성공하긴 힘들 거
다. 그렇게 부끄러움이 많고 주저함이 많아서 어떡하냐.
핵폭탄과 유도탄들의 노래가 흘러나왔지. 고희동은 흥얼
거리다 기분이 울적해져서 사장님을 불렀지. 여기요, 후
루룩짭짭 후루룩짭짭 맛 좋은 라면 하나 주세요. 고희동
은 취했지. 타임머신을 타고 불꽃을 팡팡 터트리며 깐따
삐야별로 갔지. 뼁뼁 차고 빽빽 소리치며 엉엉 울던 시절
로. 마이콜은 정말 가수가 되었어. 그래, 영등포로 마이콜
을 만나러 가자. 근데 버스는 자꾸만 지나가고. 그냥 걸었
어. 앞에 가던 여자가 고희동을 돌아보고 후다닥 뛰어갔
지. 계속 걸었어. 지구를 떠났다면 보지 못했을 나무들을
눈에 꾹꾹 눌러 담으며. 가방 지퍼 위로 삐져나온 장구채
가 자기 뒤통수를 퉁퉁 치는데도, 몰랐어. 그렇게 고희동
은 희동이로부터, 조금씩 멀어져갔지.

* 김수정 만화 「아기공룡 둘리」의 등장인물.

쉬즈 곤

시간이 착각착각 갑니다
멍긋멍긋, 멍꽃이 피네요

명자, 간다

어디가요, 명자 씨?
굿멍굿멍, 말은 못 해
모양만 입이죠

털옷을 입고 있네요
이 더위에 옛날 로봇처럼
서글프고 둔하게

명자는 순대를 팝니다
원조 아바이 어머나 순대
순대보다 명자가 유명합니다
어허, 잘 먹었다
나가는 아바이마다 명자 엉덩이를
그녀의 입 모양은

맛집에서 한번 죽어볼래?

명자는 칼잡이네요
간을 기름종이처럼 썰어요
잘 삶은 간을 혀에 얹으면
살살 녹고 뒤져분대요

명자는 예술가예요
돼지로 사람을 녹이잖아요

피카소도 그런 건 못 했대요

요즘 명자는
피카소의 청색 시대에 영감을 받아
검푸른 돼지 선인장을 만들었어요
포슬포슬 콜라에 삶은 간에 이쑤시개를 꽂아
도마 위에 전시 중이에요

제목

모성 보단 감수성

외국인들이 가끔
선데이 아이스크림 먹겠다고 찾아와
Is this Sundae?
오 마이 갓…… 하고 먹고 싸간대요

명자 멋있네요

명자네 가게에선 가끔
싸움이 나요 짜르르
장정 서넛이
주머니 속 동전을 쏟으며
땀 뻘뻘 뒹굴다 가죠

명자는 동전의 피 얼룩에 집중해요

그 옛날
거리의 박피공이 뜯어낸 염소 가죽의 피와
단칼에 목을 베는 사형집행인의 붉은 코트
신을 멸시하는 익살꾼의 하프 연주에
그리고 그 모든 날의 우연과 장난에
명자는 집중해요

우디 앨런이던가요?
파리, 로마, 달리, 고갱, 파고다
누구든 걷다 보면
오래된 책과 풍경을 만날 수 있잖아요

순대 소사이어티
명자는 깊은 밤의 피맛골에서
뜨듯한 선지 한잔 따르며
옛날로 갑니다
뮤우즈, 돼지와 함께

운수 좋은 날

1. 갓길에 누워

중앙선과 보도블록 사이. 나는 누워 있다. 입간판을 본다. 우체국 야간 우편물 교부는 밤 10시에 끝나는군. 빵 나오는 시간은 아침 10시. 내가 공중에 뜬 시각은? 전광판은 나의 사망을 기록하지 않는다. **즐겨요, 산낙지 부추전 오돌뼈** 푼돈 두둑한 술꾼들을 유혹할 뿐. 나는 마시지 않았다. '취하지 않았던 나의 친구여'로 시작하는 조사를 기대해본다. 내 엄지손가락은 어디 갔나. 죽을 줄 알았다면 프랑스 반지 엄마 주고 올걸. 나의 조사는 어쩌면 이렇게 시작될 것이다. '취하지 않았고, 소박한 멋을 알았던, 효녀는 아닌 친구여' 사람들이 모이기 시작한다.

2. 나, 나이키를 신고 민주주의를 향해

어딘가를 향해 절박하게 뛰어가는 모양. 나는 바닥에 눌어붙어 있다. 웅성거리는 사람들 사이에 언니가 있다. 언니 너의 서른세번째 나이키가 나의 피로 더러워졌구

206

나. 빨아 신어라. 엄마? 골초였군요. 멋져, 뻑뻑. 엄마는
주문을 걸 듯 내게 말한다. 니는 복이 있다. 니는 운을 타
고 난 아이다. 둘째여, 니는 불처럼! 일어난다…… 그래,
일어나자. 안 되네. 얍, 안 되네. 엄마, 미안해요. 나 그냥
죽을게요. *죽지 마 수진아!* 엄마는 소리친다.

3. 연설

나는 죽습니다. 여러분, 부디 웅성거림을 멈추세요. 이
건 별일 아닙니다. 대신, 마지막 힘을 다해 아파트에서 몸
을 던진 노인과, 굶어 죽은 아이와, 아이의 시체를 뜯어
먹으며 끝끝내 살아남은 개를 위해 웅성거려주세요. 거
대한 구덩이 속에 퍽퍽 깔리며 꺼이꺼이 울던 잘생긴 돼
지들을 위해 웅성거려주세요. 구덩이로 흙을 퍼 나르던
포클레인 기사를 위해 웅성거려주세요. 나는 괜찮아요.
지난주에 시카고피자도 먹었고, 독일 맥주도 곁들였어
요. 근사한 영화도 보았어요. 젊고 오만한 어느 피아니스
트의 연주도 실컷 들었지요. 나는 괜찮아요 사실 난 늘

죽고 싶었어요. 용기는 없었지요. 그래서 우연을 바랐어요. 폭풍이 몰아치는 어느 날, 나는 오래된 철물점 아래서서 외쳤어요. 간판이여, 떨어져라! 먼지털이가 날아와 머리를 툭 쳤어요. 간판은 그다음 날 떨어졌대요. 어느 날은 섬을 찾아갔지요. 젊은 여행객이라면 누구라도 죽어나온다는 미지의 섬을. 거대한 산을 헤매는데 누군가 다가왔어요. 무언가 날카로운 것이 나를 건드렸지요. *살려주세요.* 죽고 싶다는 건 거짓이었나 봐요. 나를 건드린 건 갈고리 손이었어요. 그는 바다에서 손을 잃은 어부였어요. 난 후크 선장을 따라 큰 산을 내려왔고, 그는 내게 뾰족한 손으로 펄펄 끓는 라면을 대접해주었어요. 라면을 먹는 동안 그의 비닐하우스는, 젊은 날 바다에서 친해진 외국인 노동자들의 이야기와 더운 김으로 가득 찼어요. 아아, 그 맛이 기억나요.

4. 에필로그

엄만 늘 내게 복이 있다고 했다. 먹을 복이었을까. 라면, 파인애플, 깐 밤, 막걸리, 고등어, 딱새우…… 숲과 들과 바다와 버스에서 내게 수더분한 복을 건네던 볕에 그을린 손들. 고마웠어요. 선장님, 어르신, 모르는 친구들. 내 생의 마지막 운은 평등이 불가능한 곳에서 차에 깔려 죽는 것이었나 봐요. 내 얼굴은 갈가리 찢겨 사방에 뒹굴고 있지만, 그것은 웃음의 퍼즐. 오늘은 최고로 납작하고 최고로 운수 좋은 날이에요. 여러분, 나 진짜 가요. 뚱딴지같은 말이겠지만, 저세상은 꽤 민주적이라는 소문이 있어요. 사실 난 기대가 커요.

펑키 할멈의 후손

신이 어둠 속으로 사라지면
인형극이 시작된다

헉,

한 노파가 무릎을 꺾고 쓰러진다
나는 한 팔을 쭉 뻗고
허리를 젖히며 오열한다

할머어어어엄········· 흑 흑 흑

이 부분에서 관객은 늘 운다

요즘은 어이없는 죽음이 유행한다
노파는 신의 뜻대로
시대의 흐름에 맞춰 쿨하게 떠났다

쿨한 게 어딨니, 다 뺑이지
신파? 자기가 껴안은 자기 가슴에 있지요

예술은 없어, 저 잘난 예술 스타만 있지

부스스 먼지가 날리는 껍질 속에서
말간 땅콩을 한 알 한 알 골라 내게 주시며
할머니는 말을 이어가셨다

잘 발효된 호밀빵?
모방과 취향뿐인 탐미주의 예술가들의
고소한 낭만이란…… 호호호, 아이고

재미가 없구나……
도무지 시원한 게 없어……

할머니는 묵밥 드시다 가셨다

할머니의 죽음
할머니 묵
수상하고 모호한 미닫이문 너머로
물음표처럼 피어난 생강나무의 연두 솜

할머니, 가요? 흑 흑 흑
먹다 만 묵, 너무 웃기잖아요

그나저나

신, 보고 있나?

너는 내게 말했지
나의 가장 못생긴 인형아
애도하듯이
참회하듯이 울어라

들어라, 신이여

나는 웃겠다

신은 내게 웃으라 한 적 없었으니

움푹 파인 두 볼에 구더기가 끓을 때까지
온몸에 지옥의 붉은 지도가 생겨날 때까지

웃겠다
참을 수 없는 고통 속에서
웃어본 적 없는 가련한 구경꾼들의 처소에서

하늘과 땅은 이미 오래전에 무너져 내렸으니
나는 매일 극장을 창조할 뿐이다

독백

　한 남자가 내 몸속으로 들어옵니다. 남자는 비밀을 말합니다. 나는 왕이 될 거야. 눈먼 예언자가 말합니다. 너는 아비를 죽인 살인자가 될 거야. 노파의 구부러진 뼈와 함께, 나는 순간이며 역사입니다. 나는 많은 계단을 품고 있습니다. 계단은 산의 능선이 되고, 사랑을 고백하는 자의 발코니가 되며, 파도 너머의 섬이 되어 사라집니다. 나는 어둠입니다. 살아남은 자의 한숨과, 목소리를 잃어버린 자들의 침묵이 내 몸을 가득 메웁니다. 나는 어둠 속에서 꿈틀거립니다. 오후의 태양이 나의 몸속으로 들어옵니다. 살과 뼈를 어루만지며 빛은 지나갑니다. 나는 거실입니다. 잠들지 못한 고단한 세일즈맨이 내 몸을 서성입니다. 오래된 소파 위에 침묵이 쌓여갑니다. 나는 불가능한 도시입니다. 불붙은 산이고, 주검을 삼킨 물이며, 사라진 골목길입니다. 골목길 속의 작은 미국이며, 전쟁이 지나간 폐허입니다. 나는 불길에 휩싸여 온몸을 비틉니다. 누군가 나의 이름을 목 놓아 부릅니다. 산이여, 바보여, 왕이시여. 어둠과 빛이 번갈아 지나가고, 죽음과 같은 거대한 적막 속에서 커튼이 올라가면 모두가 나를 봅니다. 내 안에서 죽은 자가 다시 살아나고, 결별한 자들은 달려와 서로에게 키스합니다. 노파의 굽은 등이 천천히 펴집니다. 왕은 왕관을 벗어 헝클어진 머리로 인사합니다. 검은 옷의 무리가 왕관과 빛을 거두어갑니다. 이제 나는 사라집니다. 모든 신비와 함성, 한탄과 침묵마저. 열기와 소란이 지나간 어둔 통로에 로비의 빛이 날카롭게 새어 들어올 때, 아주 잠깐 머뭇거리는 노배우의 뒷모습을 나는 바라봅니다. 슬픈 유령처럼, 불 꺼진 무대를 서성이고 있는 소년이었고 아버지였던 그를. 나는 늙었습니다. 그러나 여전히 정오의 태양과, 주름이 많은 거대한 코끼리, 광활한 대지를 나는 품고 있습니다. 시대를 모르는 아이와 개의 대화를, 고독한 왕의 비명을 나는 듣습니다. 소멸하는 것들의 마지막을 나는 바라봅니다.

휘파람이 바람 속을 떠다닐 때, 나의 이름은 극장입니다.

예술가들

오른쪽 어깨가 벽에 쓸렸다
외투 깃을 조였다
내 왼쪽 어깨를 부수고 달려가는
차의 전조등과
핸들에 식칼을 꼽듯 경적을 울리는
운전자들

나를 죽이지 못하네

미친년 터널을
걷네
걷네

걷는다
물컹한 고기 한 근의 자존심 입에 물고
동물의 피를 떨구며 간다

삶

고양이가 쥐를 물었는가
쥐의 안부를 물었는가

나는 내게 소식 전하지 못하네
내가 좋아하는 유럽의 거장들이여
우울한 눈매와 고매한 취향은
내가 아니니 나의 안부를 묻지 마오 나는
그대들의 작품 속에 매우 빨리 지나가는
행인

미친년 터널을
건네
건네

미래는 죽은 자들의 것

수챗구멍으로 몰려든 타인의 무수한 머리칼로
휘어진 척추를 칭칭 감아올린 자들이여
비통의 바통을 손에 쥐고 질주하며

허무의 노래를 서슴지 않는 마지막 주자여
사각의 방이 있는 한 우리는 쓸 것이다
이웃집 병신은 도대체 언제 넘어질 것인가
목이 굵은 아이의 죽음에 누가 웃고
누가 울 것인가
유명한 작곡가의 음악과
저명한 작가의 파렴치한 묘사는 늘 어울리지
우리는 사랑과 숭배를 구분하지 못하기에
늘 감정적이지

깃털 모자를 쓴 여인이여
커피를 마실 텐가
나는 부자였던 가난뱅이야
살아 있을 때 죽어야 해요
지긋지긋한 레퍼토리를 갈아치워라
정신병은 계급의 문제가 아니다
대결 속에 던져진
새끼 밴 어미 개들의 분열 때문이지
성격 때문이지

지중해 때문이지

예술 때문이다
내가 미친 건

가난을 흠모하고 놀라운 관찰력을 갖게 된 것
어쩌면 연기력도 연출력도 조금 갖추었지

늦은 밤 길 끝의 하꼬방 할머니가 홍단처럼 치장을
하고
손자와 외국어로 나누는 불길한 대화를 나는 엿듣는다

쓴다

저 늙은 볼은 불어를 할 때 왜 자꾸 붉어지는가
연구하고 집착하고…… 빌어먹을 강박증 엉터리 예술
가들

나는 뛰지 않는다

뛰는 것은 계급의 문제이고
똥오줌이 마려워도
마치 뮤직비디오의 주인공처럼
그럴싸하게 걷는다
클래식? 팝?
어떤 곡이라도 문제없지

무엇이 나를 뛰게 할 것인가

미친년 터널을
걷네
걷네

문학이나 연극
터널 속엔 없었다
선배, 평론가, 시대의 아무개
아무도 없었다

나는 죽은 자들의 긴 행렬 끝에서

겁 없이 쭉쭉 뻗어나가는 내 뻔한 미래를
본다

모두 경적을 울려라

야유와 은유를 소낙비처럼 퍼부어라

폐쇄병동 B구역

해변을 걸을 테야
끝없이 펼쳐진 불의 바다를 바라보며
커다란 물고기를 부둥켜안고
더운 모래를 신발에 넣어 불룩한 베개를 만들었지
벤치에 누워
기분이 좋지
맨발은 물고기 배 위에

책을 읽을 테야
세면대 위에 독서대를 놓고
손끝에 비누를 묻혀 책장을 넘기며
젖은 머리에서 이따금 물이 떨어지고
어떤 말은 물속에 잠길 테지

오줌이 마려우면 책을 읽다 욕실을 나서지
광활한 거실의 차가운 라디에이터에
절절 끓는 오줌을 갈기지 나의 감옥은
노란 광기가 돌고 돌아 훈훈해지고

내게 정신병이 있다고 하더군
지린내가 난다더군
돌침대에 나를 누인 채
사정없이 전기를 먹이는 자들이

주머니에 후추와 소금을 넣고 다니며
문드러진 야채에 솔솔 뿌리는 병
상한 우유로 고소한 치즈를 만들어 먹는 병
개도 거들떠보지 않는 개밥으로
3분 안에 훌륭한 디저트를 창조하는 병

어느 의사는
정신병자의 전두엽을 모조리 긁어냈다고 하더군
'인간에게 감정은 쓸모없다'는 연구 결과를 발표하고
뇌를 샅샅이 뒤져 흥분과 기억을 도려냈다고

정신병이라고 하더군
나는 내 머릿속에 나비가 날아다니는 줄 알았지
노랑나비

KB034726

문학과지성 시인선 437

수학자의 아침

김소연 시집

2013 . 가을

문학과지성사

문학과지성사에서 펴낸 김소연의 시집

극에 달하다(1996)
눈물이라는 뼈(2009)
촉진하는 밤(2023)

문학과지성 시인선 437

수학자의 아침

초판 1쇄 발행 2013년 11월 11일
초판 26쇄 발행 2024년 7월 17일

지 은 이 김소연
펴 낸 이 이광호
펴 낸 곳 ㈜**문학과지성사**
등록번호 제1993-000098호
주   소 04034 서울 마포구 잔다리로7길 18(서교동 377-20)
전   화 02)338-7224
팩   스 02)323-4180(편집) 02)338-7221(영업)
전자우편 moonji@moonji.com
홈페이지 www.moonji.com

ⓒ 김소연, 2013. Printed in Seoul, Korea

ISBN 978-89-320-2462-2 03810

지은이는 2013년도 한국문화예술위원회 아르코문학창작기금을 수혜했습니다.

문학과지성 시인선 437

수학자의 아침

김소연

2013

시인의 말

애도를 멎게 하는
자장가가 되고 싶다.

2013년 11월
김소연

수학자의 아침

차례

1부

유서 없는 피부를 경멸합니다

그늘

벚나무는 천 개의 눈을 뜨네
눈동자도 없이
눈꺼풀도 없이

외투를 세탁소에 맡기러 가는 길과
교회의 문전성시와
일요일과
눈썰매와

벚나무는 곧 버찌를 떨어뜨리겠지
벌써 나는 침이 고이네

거미처럼 골목에 앉아
골목에 버려진 의자에 앉아
출발도 없이
도착도 없이

벌기빗은 햇빛

벌거벗은 철제 대문
그늘에 앉아 젖은 무릎을 말리네
해빙도 없이
결빙도 없이

북극여우와 바다코끼리와 바다표범과
흰 무지개와 흰 운무와
쇄빙선도 없이
해협도 없이

버찌는 잠시 돌 옆에 머물겠지
개미는 버찌를 핥겠지
혓바닥도 없이
사랑도 없이

오, 바틀비

모두가 천만다행으로 불행해질 때까지 잘 살아보자던 맹세가 흙마당에서 만개해요. 사월의 마지막 날은 한나절이 덤으로 주어진 괴상한 날이에요. 모두가 공평무사하게 불행해질 때까지 어떻게든 날아보자던 나비들이 날개를 접고 고요히 죽음을 기다리는 봄날이에요. 저것들을 보세요. 금잔화며 양귀비며 데이지까지 모두가, 아니오, 아니오, 고개를 가로저으며 하루를 견뎌요. 모두가 아름답게 불행해질 때까지 모두가 눈물겹게 불행해질 때까지, 온 세상 나비들은 꽃들의 필경사예요. 살아 있는 모든 것들이 한꺼번에 몰아쉬는 한숨으로 겨우 봄바람이 일어요. 낮달이 허연 구멍처럼 하늘에 걸려요. 구멍의 바깥이 오히려 다정해요. 반나절이 덤으로 배달된 괴상한 날이에요. 모두가 대동단결하여 불행해질 때까지 시들지 않겠다며 꽃잎들은 꽃자루를 꼭 붙든 채 조화처럼 냉정하구요, 모두가 완전무결하게 불행해질 때까지 지는 해는 어금니를 꽉꽉 깨물어요.

주동자

장미꽃이 투신했습니다

담벼락 아래 쪼그려 앉아
유리처럼 깨진 꽃잎 조각을 줍습니다
모든 피부에는 무늬처럼 유서가 씌어 있다던
태어나면서부터 그렇다던 어느 농부의 말을 떠올립
니다

움직이지 않는 모든 것을 경멸합니다
나는 장미의 편입니다

장마전선 반대를 외치던
빗방울의 이중국적에 대해 생각합니다

그럴 수 없는 일이
모두 다 아는 일이 될 때까지
빗방울은 줄기차게 창문을 두드릴 뿐입니다
창문의 바깥쪽이 그들의 처지였음을

누가 모를 수 있습니까

빗방울의 절규를 밤새 듣고서
가시만 남아버린 장미나무
빗방울의 인해전술을 지지한 흔적입니다

나는 절규의 편입니다
유서 없는 피부를 경멸합니다

쪼그려 앉아 죽어가는 피부를 만집니다

손톱 밑에 가시처럼 박히는 이 통증을
선물로 알고 가져갑니다
선물이 배후입니다

수학자의 아침

나 잠깐만 죽을게
삼각형처럼

정지한 사물들의 고요한 그림자를 둘러본다
새장이 뱅글뱅글 움직이기 시작한다

안겨 있는 사람은 보이지 않는다는 것에 대해
안겨 있는 사람을 더 꼭 끌어안으며 생각한다

이것은 기억을 상상하는 일이다
눈알에 기어들어 온 개미를 보는 일이다
살결이 되어버린 겨울이라든가, 남쪽 바다의 남십
자성이라든가

나 잠깐만 죽을게
단정한 선분처럼

수학자는 눈을 감는다

보이지 않는 사람의 숨을 세기로 한다
들이쉬고 내쉬는 간격의 이항대립 구조를 세기로
한다

숨소리가 고동 소리가 맥박 소리가
수학자의 귓전에 함부로 들락거린다
비천한 육체에 깃든 비천한 기쁨에 대해 생각한다

눈물 따위와 한숨 따위를 오래 잊고 살았습니다
잘 살고 있지 않는데도 불구하고요

잠깐만 죽을게,
어디서도 목격한 적 없는 온전한 원주율을 생각하며

사람의 숨결이
수학자의 속눈썹에 닿는다
언젠가 반드시 곡선으로 휘어질 직선의 길이를 상
상한다

그래서

잘 지내요,
그래서 슬픔이 말라가요

내가 하는 말을
나 혼자 듣고 지냅니다
아 좋다, 같은 말을 내가 하고
나 혼자 듣습니다

내일이 문 바깥에 도착한 지 오래되었어요
그늘에 앉아 긴 혀를 빼물고 하루를 보내는 개처럼
내일의 냄새를 모르는 척합니다

잘 지내는 걸까 궁금한 사람 하나 없이
내일의 날씨를 염려한 적도 없이

오후 내내 쌓아둔 모래성이
파도에 서서히 붕괴되는 걸 바라보았고
허리가 굽은 노인이 아코디언을 켜는 걸 한참 들었

어요

죽음을 기다리며 풀밭에 앉아 있는 나비에게
빠삐용, 이라고 혼잣말을 하는 남자애를 보았어요

꿈속에선 자꾸
어린 내가 죄를 짓는답니다
잠에서 깨어난 아침마다
검은 연민이 몸을 뒤척여 죄를 통과합니다
바람이 통과하는 빨래들처럼
슬픔이 말라갑니다

잘 지내냐는 안부는 안 듣고 싶어요
안부가 슬픔을 깨울 테니까요
슬픔은 또다시 나를 살아 있게 할 테니까요

검게 익은 자두를 베어 물 때
손목을 타고 다디단 신물이 흘러내릴 때

아 맛있다, 라고 내가 말하고
나 혼자 들어요.

장난감의 세계

전화국을 지나
병원을 지나 삼거리에 밥 먹으러 나갔다
생선 한 마리를 오래 발라 먹었다

제 몸 몇 배쯤의 나방을
머리통만 야무지게 먹고서 나머지를 툭 버려버리는
도마뱀을 지켜보면서

하루의 절반
나머지 절반

어떤 절규가 하늘을 가로질러 와 발밑에 떨어졌다
나는 오후에 걸쳐 있었고 수요일에 놓여 있었다

같은 장소에 다시 찾아왔지만
같은 시간에 다시 찾아가는 방법은 알지 못했다

없었던 것들이 자꾸 나타났고

있었던 것들이 자꾸 사라졌다 이를테면

장난감을 선물 받은 가난한 아이처럼
믿어지지 않게 믿을 수 없게

아침에만 잠시 반짝거리는 수만 개의 서리

하루의 절반
나머지 절반

오전엔 강 건너의 소가 소에게 뿔을 들이받았고
오후엔 어미 고양이가 아기 고양이를 물고 다녔다

개구리야, 너는 가난했던 내 어린 시절의 장난감이
었단다
　그때 나는 장난감의 내부를 꼭 뜯어보고야 말았지

　개구리를 따라 강가로 한 걸음씩 걸어갔다

강가에 앉아 깊은 생각에 잠겼다
생각이 깊어 빠져 죽기에 충분했다

평택

벌거벗은 사람이 되어 부끄럽게 서 있던 그 자리에
더 벌거벗은 한 사람이 나타나 오랫동안 당당하게
울었다

자궁에 손을 넣어
사산된 새끼를 꺼낸 경험을 들려주던
경마장 남자의 껍질 같은 손을 보았다

아픈 말〔馬〕을 사람들은 고기라고 부른다고

치킨을 나눠 먹으며 나는 고기로 앉아
헐벗어가고 있었다

현관에서 신발을 정리하며 한 남자가
작별 인사처럼 해준 말이었다
직장에 다닌 시간보다
해고된 채로 농성을 하고 있는 시간이 더 오래되었
다며

벌거벗은 채로
나는 겨우 신발을 신었다

죽는 순간엔 굳은살도 다 풀린다고

그걸 직접 봤다는 남자와 나란히
담배를 피우며 걸었다
기차는 레일 위로 당당하게 달렸다

희망이 고문에 가깝다고 말하는 친구가 옆에 앉았다
희망이 고기에 가깝다는 말로 들었다

사람을 만난 날이었다
예상치 못한 어딘가가 깊이 파였고
더 이상 무섭지는 않았다

그런 것

눈이 퍼붓기 시작했다 창문 바깥에서가 아니라 저 멀리 대관령에서

아침은 그렇게 시작됐다 빨래를 널고 창문을 열어 두고 바깥에 앉아 볕을 쬐고 있을 때 고양이가 다가와 내 그림자의 테두리를 몇 걸음 걸었고 저쪽에 웅크렸다

꿈에서 일어난 일들이 쏟아져 내렸다 허벅지에 떨어진 동그란 핏방울이었고 그다음 양철 주전자였고 그다음 도살장 옆 미루나무였다

단식을 감행했다 내가 아니라 내가 아는 한 사람이 저 먼 제주도에서
아침은 그렇게 지나갔지만 많이 아팠다 내가 아니라 저 먼 시베리아에서 내가 아주 좋아하는 친구가

할머니는 선지를 좋아했고 엄마는 할머니를 좋아했다 나는 심부름을 좋아했다

자박자박 붉은 물기를 밟으며 도살장 안쪽으로 걸어 들어가면 한 발씩 한 발씩 서늘해졌다 검은 앞치마를 두른 아저씨가 내 머리를 쓰다듬어주었다 동물들은 걸려 있거나 누워 있었다 질질 끌려 우리 집 앞을 지나간 건 어제의 일이었다

할머니는 쪼그려 앉아 선지를 먹었다 아주 오래전 그 집에서가 아니라 조금 전 꿈속에서
멀리서 날아온 빈혈이 할머니의 은수저에 얹혀 있었다 할머니의 은빛 정수리처럼 똬리를 튼 채로

아침은 이런 것이다

도착한 것들이 날갯죽지를 접을 땐 그림자가 발생한다 바로 거기에서
나무가 있었다면 새소리를 들을 수 있을 텐데 사람이 아니라 저기 빈자리에서 나무 한 그루가

백반

그 애는
우리, 라는 말을 저 멀리 밀쳐놓았다
죽지 못해 사는 그 애의 하루하루가
죽음을 능가하고 있었다

풍경이 되어가는 폭력들 속에서
그 애는 운 좋게 살아남았고
어떻게 미워할 것인가에 골몰해 있었다
그 애는 미워할 힘이 떨어질까 봐 두려워하고 있
었다

나는 번번이
질 나쁜 이방인이 되어 함께 밥을 먹었다
그 애는 계란말이를 입안에 가득 넣었다
내가 좋아하는 부추김치는 손도 대지 않았다

어떤 울먹임이 이젠 전생을 능가해버려요
당신 기침이 당신 몸을 능가하는 것처럼요

그랬니……
그랬구나……

우리는 무뚝뚝하게 흰밥을 떠
미역국에다 퐁당퐁당 떨어뜨렸다

그 애는
두 발을 모으고 기도를 한다 했다
잘못 살아온 날들과 더 잘못 살게 될 날들 사이에서
잠시 죽어 있을 때마다

그 애의 숟가락에 생선 살을 올려주며 말했다
우리, 라는 말을 가장 나중에 쓰는
마지막 사람이 되렴

내가 조금씩 그 애를 이해할수록
그 애는 조금씩 망가진다고 했다
기도가 상해버린다고

사랑과 희망의 거리

우리는
서로가 기억하던 그 사람인 척하기 위해
애를 쓰고 있다

빗방울에 얼굴을 내미는
식물이 되고 싶었다고 말할 뻔했을 때

너,
살면서 나는…… 살면서 나는……
그런 말 좀 하지 마
죽었으면서

귀가 아프네
나는 얼굴을 바꾼다 너무 많은 얼굴들이 주렁주렁
매달린다
가면이 열리는 나무였다면
가지 끝이 축 처졌을 것이다
아니, 부러졌을 것이다

사실은
이해를 하고 있다는 걸
잊어서는 안 된다

우리는
어깨로 얘기를 들어주고 있다
다가갔다 물러섰다,
빗방울이 앉았다 넓어졌다 짙어지는
우리의 어깨가
얼룩이 질 때

유리창 같다, 니 어깨는……
고막이 있니, 니 어깨는……

필요한 말인지
불필요한 말인지
알 길이 없는 이 말은 하지 않기로 한다

빗방울의 차이에 대해 말할 줄 아는 사람과 마주
앉아 있다
　빗방울이 되어 하수구로 흘러가는 사람이 되어서

오키나와, 튀니지, 프랑시스 잠

우리가 갈 수 있는 끝이
여기까지인 게 시시해
소라게처럼 소라게처럼

우리는 각자
경치 좋은 곳에 홀로 서 있는 전망대처럼
높고 외롭지만
그게 다지

우리는 걸었지 돌아보니 발자국은 없었지
기었던 걸까 소라게처럼 소라게
처럼

+

신중해지지 않을게
다만 꽃처럼 향기로써 이의 제기를 할게
이것을 절규니 침묵으로 해석하는 선

독재자의 업무로 남겨둘게

너는, 네가 아니라는 이 아득한 활주로, 나는 달리
고 너는 받치고 나는 날아오르고 너는 손뼉을 쳐줘
우리는 멀어지겠지만 우리는 한곳에서 만나지 그때마
다 우리가 만났던 그 장소들에서, 어깨를 겯는 척하
며 어깨를 기댔던 그곳에서

"좋은 위로는 어여쁜 사랑이니, 오래된 급류가의
어린 딸기처럼"*

+

소라게 한 마리가 집을 버리는 걸 우리는 본 적이
있지 팔 한쪽 다리 한쪽을 버려가며 걷는 걸 본 적이
있지 그때 재스민 한 송이가 떨어지는 걸 본 적이 있
지 소라게가 재스민 꽃잎을 배낭처럼 업고서 다시,
걸어가는 걸 우리는 본 적이 있지

우리가 우리를 은닉할 곳이
여기뿐인 게 시시해
소라게처럼 소라게처럼

                    +

나의 발뒤꿈치가 피를 흘리거든
절벽에 핀 딸기 한 송이라 말해주렴

너의 머리칼에서
피냄새가 나거든
재스민 향기가 난다고 말해줄게

* 프랑시스 잠의 시 「시냇가 풀밭은」에서 빌려 옴.

2부
연두가 되는 고통

여행자

아무도 살지 않던 땅으로 간 사람이 있었다
살 수 없는 장소에서도 살 수 있게 된 사람이 있었다
집을 짓고 창을 내고 비둘기를 키우던 사람이 있
었다

그 창문으로 나는 지금 바깥을 내다본다
이토록 난해한 지형을 가장 쉽게 이해한 사람이
가장 오래 서 있었을 자리에 서서

우주 어딘가
사람이 살 수 없는 별에서 시를 쓰는 사람도 있을
것이다
가축을 도살하고 고기를 굽는 생활처럼 태연하게

잘 지냅니까, 고맙습니다, 안녕히 가세요,
할 줄 아는 말이 거의 없는 낯선 땅에서
내가 느낄 수 있는 건 잠깐의 반가움과
오랜 누려움뿐이다

두려움에 집중하다 보면
지배할 수 있는 모든 것을 지배하고 싶었던 사람이
실은 자신의 피폐를 통역하려 했다는 것을
파리처럼 기웃거리는 낙관을 내쫓으면서
나는 알게 된다

아파요, 살고 싶어요, 감기약이 필요해요,
살고 싶어서 더러워진 사람이 나는 되기로 한다

더러워진 채로 잠드는 발과
더러워진 채로 악수를 하는 손만을
돌보는 사람이 되기로 한다

그럼에도 불구했던 사람이
불구가 되어간 곳을 유적지라 부른다
커다란 석상에 표정을 새기던 노예들은
무언가를 알아도 안다고 말하진 않았다

그 누구도
조롱하지 않는 사람으로 지내기로 한다
위험해, 조심해, 괜찮아,
하루에 한 가지씩만 다독이는 사람이 되기로 한다

아무도 살아남지 않은 땅에서 사는 사람이 있다
살 수 없는 장소에서도 살 수 있게 된 사람이 있다
집을 짓고 창을 내고 청포도를 키우는 사람이 있다

혼자서

상가의 컴컴한 내부가 최대한 컴컴해진다
칼을 대어 틈새를 도려낸 듯 빛이 새어 나와도

간절함은 저렇게 표현돼야 한다
최대한 입을 꽉 다문 채

뺨에 접착된 핸드폰을 꼭 감싸고
최대한 고개를 숙인 저 사람처럼

귀는 아가미가 되었다
물고기가 되었다
흘러 다녔다

현수막은 최대한 환해진다
달은 관람차처럼 최대한 가까이 다가온다

저 마네킹은 눈동자가 있다
저 조각상은 눈동자가 없다

최대한 인간을 닮기 위해서

밤은 가장 춥다
분노는 이런 식으로 표현해야 한다
최대한 급진적으로

집은 구겨진다
쓰레기차가 쓰레기봉투를 쓸어 담듯
마지막 아버지를 최대한 쓸어 담고서

컴컴한 내일들이 박스처럼 쌓여 있다
오늘이 내일을 벼랑으로 데려간다

창문을 열면 바람이 들어온다
휙, 내 냄새가 난다

반대말

컵처럼 사는 법에 골몰한다
컵에게는 반대말이 없다 설거지를 하고서
잠시 엎어 놓을 뿐

모자의 반대말은 알 필요가 없다
모자를 쓰고 외출을 할 뿐이다
모자를 쓰고 집에 있는 사람은 누구인가
그게 가끔 궁금해지긴 하겠지만

눈동자 손길 입술, 너를 표현하는 너의 것에도 반
대말은 없다
마침내 끝끝내 비로소, 이다지 애처로운 부사들에
도 반대말은 없다

나를 어른이라고 부를 때
나를 여자라고 부를 때
반대말이 시소처럼 한쪽에서 솟구치려는 걸
지그시 눌러주어야만 한다

나를 시인이라고 부를 때에
나의 반대말들은 무용해진다

도시에서
변두리의 반대쪽을 알아채기 시작했을 때
지구에서 변두리가 어딘지 궁금한 적이 있었다
뱅글뱅글 지구의를 돌리며

이제 컵처럼 사는 법이
거의 완성되어간다

우편함이 반대말을 떨어뜨린다
나는 컵을 떨어뜨린다
완성의 반대말이 깨어진다

격전지

    할 수 있는 싸움을 모두 겪은 연인의 무릎에선 알 수 없는 비린내가 풍겨요. 알아서는 안 되는 짐승의 비린내가 풍겨요. 무서워, 라고 말하려다, 무사해, 라고 하지요. 숟갈을 부딪치며 밥을 비빌 때 살아온 날들이 빨갛게 뒤섞이고 있어요. 서로의 미래가 서로의 뒷덜미에서 창끝처럼 날카롭게 반짝여요. 아슬아슬해, 라고 말하려다, 아름다워, 라고 하지요. 한 사람에게 한 사람이 초라해질 때, 두 사람이 더디게 몸을 바꾸며 묵직한 오후를 지나가고 있어요. 할 수 있는 고백을 모두 나눈 연인의 두 눈엔, 알 수 없는 참혹이 한 글자씩 새겨져요. 알아서는 안 되는 참혹을, 매혹으로 되비추는 서로의 눈빛은 풍상, 아니면 풍경, 이제 당신은 나의 유일무이한 악몽이 되어간다고 말하려다, 설거지를 하러 가지요. 향유고래가 수돗물에서 흘러 들어와요. 심해에 손끝을 담그고 푸른 핏줄에 갇힌 붉은 피에 대해 생각하지요. 풀린다는 것과 물든다는 것에 대해 생각하지요. 저녁이 낭자해져요. 할 수 있는 사랑을 모두 끝낸 연인의 방에는 낯선 식물들이 천장까지 닿고 있어요, 알 수 없는 음산한 향기를 풍겨요, 알아서는 안 될 거대한 열매들에 고름 같은 과즙이 흘러내려요, 맙소사, 라고 말하려다, 사랑스러워, 라고 하지요,

연두가 되는 고통

왜 하필 벌레는
여기를 갉아 먹었을까요

나뭇잎 하나를 주워 들고 네가
질문을 만든다

나뭇잎 구멍에 눈을 대고
나는 하늘을 바라본다
나뭇잎 한 장에서 격투의 내력이 읽힌다

벌레에겐 그게 궁지였겠지
거긴 나뭇잎의 궁지였으니까
서로의 흉터에서 사는 우리처럼

그래서 우리는 아침마다
화분에 물을 준다

물조리개를 들 때에는 어김없이

산타클로스의 표정을 짓는다

보여요? 벌레들이 전부 선물이었으면 좋겠어요
새잎이 나고 새잎이 난다

시간이 여위어간다
아픔이 유순해진다
내가 알던 흉터들이 짙어진다

초록 옆에 파랑이 있다면
무지개, 라고 말하듯이

파랑 옆에 보라가 있다면
멍, 이라고 말해야 한다

행복보다 더 행복한 걸 궁지라고 부르는 시간
신비보다 더 신비한 걸 흉터라고 부르는 시간

벌레들이 더
많아졌으면 좋겠어요

나뭇잎 하나를 주워 든 네게서
새잎이 나고 새잎이 난다

원룸

창문을 열어두면
앞집 가게 옥외 스피커에서 음악이 흘러나온다 내
방까지 닿는다

주워 온 돌멩이에서 한 마을의 지도를 읽는다
밑줄 긋지 않고 한 권 책을 통과한다

너무 많은 생각에 가만히 골몰하면
누군가의 이야기를 엿듣는 느낌이 온다

꿈이 끝나야 슬그머니 잠에서 빠져나오는 날들
꿈과 생의 틈새에 누워 미워하던 것들에게 미안해
하고 있다

이야기는 그렇게 내 곁에 왔고 내 곁을 떠나간다

가만히 있기만 하여도 용서가 구름처럼 흘러간다
내일의 날씨가 되어간다
빈방에 옥수수처럼 누워서

식구들

그때 열매 하나가 떨어져 구른다
그때 닭이 더러운 소리를 내며 운다

탁발하는 승려들에게 밥을 건네주는 길고 긴
행렬이 길을 메운다
그때 나는 그곳을 떠난다

빵 한 조각이 배낭에 있다
망고 하나가 배낭에 있다
감기약 한 알이 배낭에 있다

이미 이해한 세계는 떠나야 한다 마치 고향처럼
이미 이해한 사람을 떠나듯이 마치 부모처럼

안녕, 하고 혼잣말을 할 때
엉터리, 하고 돌부리를 툭툭 차며 투덜댈 때

거짓되이 울먹이며 무릎 꿇는 거지 하나

입을 벌린 채 나를 바라본다
이런 입과 민낯으로 마주치는 건
더러운 식구가 되는 일이다

떠나도 떠나도 고향이 너무 많아서
당나귀처럼 귀가 땅에 닿는다
귀를 슬리퍼처럼 꺾어 신는다

뚝뚝 한 대가 내 앞에 다가온다
날쌔게 올라타는 나의 팔뚝에 힘줄이
두껍게 올라온다 강인해 보인다

새벽

무서운 짐승이 걷고 있어요 무서운 짐승을 숨겨주
는 무서운 숲이 걷고 있어요 무서운 숲의 포효를 은
닉해줄 무서운 새의 비명이 번지고 있어요

그곳에서 해가 느릿느릿 뜨고 있습니다
침엽들이 냉기를 버리고 더 뾰족해져요

비명들은 어떻게 날카로워질까요
동그란 비눗방울이 터지기 직전에 나는 어떤 비명
을 들었습니다
이 비명이 이 도시를 부식시킬 수 있으면 좋겠어요

너무 많이 사용한 말들이 실패를 향해 걷습니다
입을 다물 시간도 이미 지나쳐온 것 같아요

숲의 흉터에서는 버섯이 발가락처럼 자라나고 있어
요 이 비명과 어딘가 비슷하군요 달이 사라지기 전에
해가 미리 도착합니다 함께할 수 있는 한 악착같이

52

함께해야 한다는 듯

　나무가 뿌리로 걸어와 내 앞에 도착해 있습니다

　무서운 짐승보다 더 무서워요
　무서운 것들은 언제나 발을 먼저 씁니다 발은 무서
워요
　발은 고단함만 알고 도무지 낙담을 모릅니다

3부
소식이 필요하다

열대어는 차갑다

사월은 차갑다
사월의 돌은 더 차갑다
사월의 돌을 손에 쥔 사람은 어째서 뜨거운가
그는 어째서 가까운가

마루 아래 요정이 산다고 믿은 적이 있다
잃어버린 세계는 거기서 잘 살고 있다
이 사실만으로 뜨거워질 수 있다

하나의 문장으로도 세계는 금이 간다
이곳은 차가우므로 더 유리하겠지

뒤뚱거리는 아기처럼
닫힌 문이 뒤뚱거린다
문에게도 가능성이 있다

맥주가 목젖을 가시화한다
안주가 어금니들 가시화한다

우리의 대화를 대신한다

대화는 기억해둔 것들을 잃게 한다
사월은 유실물 보관소일지 모른다

솥에 뚜껑이 없었다면
쌀은 밥을 견디지 못했을 것이다

뜨거운 밥에 차가운 숟가락을 넣는 건
어째서 기예에 가까운가

손이 시린 자가 장갑을 낀다
손목을 그어본 자가 시계를 찬다

문이 열린다
찬바람이 들이친다

바다는 사월의 날씨를 집결한다

해파리가 뜨겁다 가오리가 가깝다

열대어는 차갑다

심해어는 내 방을 엿본다

포개어진 의자

앉을래?
의자가 의자에게 말했다
서성일래,
의자가 대답한다

나무들이 서 있길래
뉘어주려고 폭풍이 들이닥쳤다
우리는 누운 나무를 보며
재앙을 점쳤다

잠든 사람의 조금 벌어진 입술이
기어코 천진해질 시간에

계절이 바뀌었고
틈을 벌린 채 나무는 새에게
가지를 내어 주기 시작한다

의자 하나가 그 곁에 있고

나무의 그림자에서 의자가 쉬고 있다

사람들은 스스럼없이
의자에 앉는다

아주 잠깐 고달픔을 잊기 위해
찻집 창가에 앉아 있는 여자애에게
기어코 한 남자가 다가가듯이

의자가 되면 의자에 앉을 수 없게 된다
사람이 되면 사람을 사랑할 수 없게 된다

의자가 의자에 앉아 본분을 잊는 시간
우리는 재앙을 점치지만
열매처럼 사랑은 떨어져버린다
입을 약간 벌린 채로

망원동

지금은 하루가
구부정히 걸어가고 있다
박스 줍는 노인처럼 뒷짐을 지고서

반짝이는 조약돌을 주웠다
온전한 동그라미 속 온전한 온기를
손 안에 꼭 쥐고

십 년 전 골목을 걸었다
여전한 감나무, 여전한 목욕탕, 여전한 놀이터
여전히 부서진 장난감들

인형 하나를 주웠다
눈알 하나만 없어도 악마처럼 보이는
천사의 얼굴을 쓰다듬는다

나는 소식이 필요하다
아무 일도 일어나지 않았다는 소식

너무 많은 잎들이 지고 있었지만
살려달라는 절규 같은 건
들리지 않는다
귀머거리의 수화처럼
하루종일 잎들이 떨어지고 있다

조금 더 어두워져야 한다
여린 불빛들을 모두 볼 수 있으려면
더 여린 불빛들로 옛집을 찾아가려면

아직 아무것도 도착하지 않았지만
기다리던 사람을 만난 것처럼
그 자리에서 나는 기도를 멈춘다

십 년 전 하루를 주워 호주머니에 넣는다
무사히 밤이 온 것이다

바깥에 사는 사람

버스에 가장 오래 앉은 사람은
가장 바깥에 산다 그곳은 춥다

버스에 외투를 벗어두고 종점에서 내린 적이 있다
다른 나라 더운 도시의 공항이었다
맨발로 비행기에 올라 더 멀리 나는 갔었다

옆자리에는
같은 노래를 좋아하는 사람이 앉아 있었다
그의 이어폰에서 찌걱찌걱 노래가 흘러나왔을 때
같은 이별을 경험한 사람임을 알았다

그때 그 버스에 가장 오래 앉은 한 사람은
내가 벗어둔 외투를 챙겨 입고
혹독한 겨울로 무사히 들어갔을까?

버스 종점에서만큼은
커피 자판기가 달빛보다 더 환하면 좋겠다

동전을 넣고 손을 넣었을 때
산 짐승의 배 속에서 꺼낸 심장처럼
뜨끈한 것이 손에 잡히면 좋겠다

어떤 나라에서는 발이 시리지 않다
어떤 나라에서는 목적 없이 버스를 탄다
그러나 어떤 나라에서는 한없이 걸어야 한다

피로는 크나큰 피로로만 해결할 수 있다
사랑이 특히 그러했다 그래서

바깥에 사는 사람은
갈 수 있는 한 더 먼 곳으로 가려 한다

우편함

우리는 매일 이사를 했습니다

아빠에겐 날짜가 중요했고
나에겐 날씨가 중요했습니다

아빠에겐 지붕이 필요했고
나에겐 벽이 필요했습니다

네가 태어날 때 부친 편지가
왜 도착하질 않니
아무래도 난 여기서 살아야겠구나

우편함은 아빠의 집이 됩니다

서랍에는 아빠의 장기기증서가 있어
내가 최초로 받은 답장이 되었습니다

날짜는 불필요하게 자라나고

날씨는 불길하게 늙어가고

춥다는 말이 금지어가 되어갑니다
보름달이 떴다는 말은 사라져갑니다

모르는 가축들이 바들바들 떨고 있습니다
아빠, 하고 부르려다 맙니다

거짓말

인파를 가르며 장님이 지나갔지
착하지 않은 사람들이 잠시
착해질 수 있도록

호주머니에서 귀찮은 소리를 내는
동전 몇 개를 소쿠리에 넣어주면
착한 사람이 완성되었지

1940년대까지는
파랑색이 여성적인 색이었고
분홍색은 남성적인 색이었대

여성적인 얘기 하나,
이웃나라 대지진이 뉴스에서
보도되었고 나는 눈물을 흘렸고
친구는 나에게
인류애가 있다고 말해주었어

만약 피노키오가
지금 내 코가 커질 거야
라고 말한다면 코는 어떻게 될까

크레타 사람들은 모두 거짓말쟁이니까
크레타 사람만이 그 답을 알지

남성적인 얘기 하나,
손에 무기가 없다는 안심을 시키기 위하여
인류는 최초로 악수를 발명했대

착하다며
엄마가 머리를 쓰다듬어 줄 때마다
내 심장엔 불이 켜졌더랬다
거짓말을 하던 순간에도

껌을 씹으면 위장은
소화를 시킬 준비를 한대

껌 같은 것이겠지,

아무 일도 일어나지 않는다는 것

먼지가 보이는 아침

조용히 조용을 다한다
기웃거리던 햇볕이 방 한쪽을 백색으로 오려낼 때

길게 누워 다음 생애에 발끝을 댄다
고무줄만 밟아도 죽었다고 했던 어린 날처럼

나는 나대로
극락조는 극락조대로

먼지는 먼지대로 조용을 조용히 다한다

생일

흰쌀이 익어 밥이 되는 기적을 기다린다
식기를 가지런히 엎어 두고
물기가 마르길 기다리듯이

푸릇한 것들의 꼭지를 따서 찬물에 헹군다
비릿한 것들의 상처를 벌려 내장을 꺼낸다

이 방은 대합실의 구조를 갖고 있다
한 정거장 한 정거장 파리함과 피곤함을 지나쳐 온
사람이
기다란 의자에 기다랗게 누워 구조를 완성한다

슬픔을 슬퍼하는 사람이 오로지 슬퍼 보인다
사람인 것에 지쳐가는 사람만이 오로지 사람다워
보인다
안식과 평화를 냉장고에서 꺼내 아침상을 차린다

나쁜 일들을 쓰다듬어주던

크나큰 두 손이 지붕 위에서 퍼드덕거릴 때
햇살이 집안을 만건곤하게 비출 때

미역이 제 몸을 부풀려 국물을 만드는 기적을
간장 냄새와 참기름 냄새가 돕고 있다

살점을 떼어낸 듯한 묵상이
눈물처럼 밥상에 뚝뚝 떨어진다
쪼그리고 앉아 무릎을 모은다

풍선 사람

아버지가 말씀하셨다
그러지 마라

그러자
아버지의 침방울이 날아와 뺨 위에 앉았다
그러지 않기로 하면 도저히 안 그럴 수 없어졌다

아버지는 내 손을 허술하게 잡는다
최선을 다해 나는 헐렁해진다

나를 바라보던 강아지가
귀를 접고 고개를 기울이듯이
아버지의 여생이 접힌 채로 기운다
추억을 들출수록 설움이 들썩인다

재앙은 은총이었다
새로 태어난 사람이 되어 처음부터 다시 시작하면
되었다

아무래도 상관이 없었다

빨랫줄에는 아버지의 양말만 뒤집힌 채 걸려 있다
동굴처럼 멀고 어둡다
허름해진 아버지의 노여움이 펄럭인다

어머니가 말씀하셨다
내가 언제 그랬니

그러자
어머니의 한숨이 날아와 이마에 머문다
그러지 않은 걸로 하면 도무지 그랬을 리가 없어
진다

갱(坑)

창문턱에 놓아둔

어린 솔방울이 하루하루 비늘을 열며 피어납니다
그 옆에 놓아둔 매미 껍질에게는 아무 일도 일어나지
않습니다

그 사이 많은 날들을

벌레로 잠들어 사람이 되어 깨어났고 사람으로 잠
들어 식물이 되어 깨어났습니다 식물로 잠들어 사물
이 되어 깨어났습니다 너무 혼자 있었으므로 시간이
피둥피둥 살이 찝니다 하루에 한 걸음씩만 걷습니다
날짜변경선이 덤불처럼 자꾸만 발목에 감겨 난처한
표정을 짓습니다

풀뱀처럼 담장을 넘어오는 그림자
서늘한 장독을 휘감아 똬리를 트는 그림자
햇살의 뼈를 발라놓고 사라지는 까마귀 같은 그림자

하나의 그림자가 하나의 구덩이로 보이기 시작합

니다

　　창문턱에는
　　빨아놓은 하얀 운동화가 벌레처럼 쪼글쪼글합니다
다음 날 아침 혼자 깨어났을 땐 죽은 사람을 만나고
온 행복한 얼굴이 되겠습니다

이별하는 사람처럼

이별하는 사람처럼
할 말을 조용히 입술 안에 가뒀지

비가 왔고
앙상한 나뭇가지 관절마다
물방울들이 반짝였지
크리스마스트리의 오너먼트들처럼

우리는 물방울의 개수를
끝없이 세고 싶었어
이만이천스물셋 이만이천스물넷……

나는 조용히 일어나
처음 해보는 것처럼 수족을 움직여
찻물을 끓였고

수저를 달그락거리며
너는 평생 동안 그래온 사람처럼

오래도록 설탕을 녹였지

해가 조금씩 기울었지
베란다의 화분들이
그림자를 조금씩 움직였지

선물처럼 심장에서 무언가를 꺼내니
내 손바닥엔 까만
돌멩이 하나

답례처럼 무언가를 허파에서 꺼내니
네 손바닥엔 하얀 돌멩이
하나

이별하는 사람처럼 우리는
뚱한 돌멩이가 되었지

내부의 안부

엽서를 쓰고 있어요 너에게 쓰려다 나에게

　오래전에 살았던 주소를 먼저 적었어요 엽서의 불충분한 지면에 고양이가 와서 앉았어요 고양이가 비킬 때까지 연필을 놓고 고양이가 비킬 때까지 연필이 제 그림자를 껴안은 채로 누워 있는 걸 바라보다 연필과 연필의 그림자 사이를 기어가는 개미를 지켜보았어요

　아침에 세면대 속에서 만났던 두꺼비에 대해 엽서를 쓰려다 거울 속에서 보았던 검은 얼굴에 대해 쓰고 있어요 친해질 수 없었던 얼굴과 친숙해져버린 친한 사람에 대해

　빵 부스러기로 축제를 여는 개미와
　빵에 잼을 발라 허기를 비껴가는 나 사이에
　잠깐의 친분이 싹트고 있습니다

엽서를 쓰고 있어요 나에게 쓰려다 두꺼비에게

　조금 전에 만났던 누군가를 조금 전의 감정으로 회
상하기 시작했을 때 엽서에다 그림을 그리고 있었어
요 그린 그림을 지우고 있었어요 지우개가 그림을 다
지울 때까지 연필이 제 그림자와 껴안고 누워 있을
때에 유서를 쓰려다 연서를 쓰게 된 사람에 대해 생
각해요

　뜨거운 물을 담은 물통을 껴안은 채
　잠이 들었다고 쓰려다가
　이 방을 썼던 사람들이 견뎠을 추위가
　이불이 되어주었다고 쓰고 있어요

누군가 곁에서 자꾸 질문을 던진다

살구나무 아래 농익은 살구가 떨어져 뒹굴듯이
내가 서 있는 자리에 너무 많은 질문들이
도착해 있다

다른 꽃이 피었던 자리에서 피는 꽃
다른 사람이 죽었던 자리에서 사는 한가족
몇 사람을 더 견디려고 몇 사람이 되어 살아간다

우리는 같은 사람을 나누어 가진 적이 있다
같은 슬픔을 자주 그리워한다

내가 누구인지 도무지 알 수 없을 때마다
나를 당신이라고 믿었던 적도 있었다

지난 연인들이 자꾸 나타나
자기 이야기를 겹쳐 쓰려 할 때마다
우리는 같은 사람이 되어간다

당신은 알라의 얼굴에서
예수의 표정이 묻어 나는 걸 보았다고 했다
내 걸음걸이에서 이제는
당신이 묻어 나오는 걸 아느냐고
당신에게 물어보았다

우리는
두 개의 바다가 만나는 해안에
도착해 있다

늙은 아기가 햇볕에 나와 앉아 바다를 보고 있다
바다가 질문들을 한없이 밀어내고 있다

우리에게 달라진 것은 장소뿐이었지만
어느새 우리들 기억이 달라져 있었다
나는 다른 사람이 되었다

두 사람

포옹은 모든 사람을 배제한다
한 사람만 빼고
──라이너 쿤체

검은 상복을 입은 그림자들이
우리들의 묵념을 대신하는 오후

햇빛은 한없이 은총을 낭비하고 있다

둥근 광장이 둥그레진다
네모난 광장이 네모진다
척삭동물들이 분수처럼 솟아오른다

두 사람이 잠시 포옹을 할 때
선인장에 잠자리가 날아와 박힌다
날개를 펼친 채로 안온하게

가녀린 신음들이 머리카락을 흔든다
사람이 되고 싶어 흘려온 핏방울이
적색 구름을 모은다

오늘은

어느 위대한 마지막 날이
비밀처럼 스산하게 나를 스치는 듯하다

천사들이 남몰래
날개를 부러뜨리는 소리라던
후드득 후드득, 빗소리가 들려온다

비밀의 화원

겨울의 혹독함을 잊는 것은 꽃들의 특기,
두말없이 피었다가 진다

꽃들을 향해
지난 침묵을 탓하는 이는 없다

못난 사람들이 못난 걱정 앞세우는
못난 계절의 모난 시간

추레한 맨발을 풀밭 위에 꺼내 놓았을 때
추레한 신발은 꽃병이 되었다

자기 모습을 상상하는 것은
꽃들의 특기, 하염없이 교태에 골몰한다

나는 가까스로 침묵한다
지나왔던 지난한 사랑이 잠시 머물렀다 떠날 수
있게

우리에게 똑같은 냄새가 났다
자갈밭이 요란한 소리를 냈다

갸우뚱에 대하여
—신해욱에게

여긴 괜찮아
솜이 삐져나오는 곰인형처럼
우리를 들켜도 괜찮아

이리 와, 간신히 노래를 듣자
흔들리는 우리의 천한 부위를 노래로 괴자
동전, 화투장, 장판쪼가리처럼

한 겹으로 모자라면
두 겹으로 그래도 모자라면
세 겹으로

이를테면
외국에서 먹은 김치찌개처럼
더없이 부실해도 그때는 더없이 좋았던
그 이상한 맛을 기억해보자
그 으슬으슬했던 한기를 기억해보자

가을볕이
가난한 자의 속내를 X-ray처럼 투과할 때
검은 그림자가 발끝에서 간당간당해질 때

시커먼 창밖이 흑돌처럼 반질해지도록
우리 무릎이 양파처럼 말끔해지도록
방바닥에 놓여진 인형처럼 누워 있자

밤이 왔고
우리들의 검은 생각들로 밤이 깊어진 거라고
생각해버리자

여긴 괜찮아
침묵이 공처럼 통통 튀어가다 쉬고 있으니
잘못 접은 종이비행기처럼
갸우뚱하게 누워 있자
곰인형 옆의 곰인형처럼
나란하게 기대어 있자

4부
강과 나

낯선 사람이 되는 시간

　네발짐승이 고달픈 발을 혓바닥으로 어루만지는 시
간. 누군가의 빨아 널은 운동화가 햇볕 아래 말라가
는 시간. 그늘만 주어지면 어김없이 헐벗은 개 한 마
리가 곤히 잠들지. 몸 바깥의 사물들이 그네처럼 조
용히 흔들리고 있어.

　(깊은 밤이라는 말은 있는데 왜 깊은 아침이란 말
은 없는 걸까)

　언덕 위 사원에는 감옥이 있었고, 감옥에는 돌 틈
사이 작은 균열에 대고 끊임없이 혼잣말을 속삭이던
한 공주가 있었대. 감옥은 그녀를 가둘 수 있었겠지
만 그녀의 속삭임만은 가둘 수가 없었대. 속삭임은
사람의 퇴화한 향수들을 들어 올리며 안개처럼 난분
분하게 흩어졌고 언젠간 소낙비처럼 우리 머리 위로
쏟아져 내려올 거래. 우린 비를 맞겠지. 물비린내를
맡겠지. 자귀나무가 수백 개의 팔을 좍좍 뻗어 이 모
든 은혜들을 받아내겠지. 사방 천지 검은 나무들이

93

나무이기를 방면하는 시간이 올 테지.

　사람이 보트에 모터를 달기 위해 전념해오던 시간, 강물은 물총새의 날갯짓을 오랫동안 지켜보다 손바닥을 날개처럼 활짝 폈겠지. 그러곤 모난 바위를 동글동글하게 다듬었겠지. 그 바위들이 언덕 위로 굴러 올라가 사원의 탑이 되는 시간. 아무도 여기에 없었을 거야. 언제나 그런 때에 우린 그곳에 있지 않지. 단지 물가에 집을 짓고 어리석음을 자식에게 가르치고 자식의 이마 정중앙에 멍울을 새겨 넣지. 격렬한 질문들을 가슴에 담고 자식들은 낙담한 채 고향을 떠나지. 강물이 보다 두터워지는 또 다른 아침. 물가에 나가 겨드랑이를 씻고 사타구니를 씻는 부모들은 자신의 선의를 반성하지 않은 채 수많은 아침을 맞지.

　이제 나는 사원 너머 시장 골목 어귀에 먼지를 뽀얗게 얹은 채 졸고 있는 작은 우체국에 갈 거야. 너의 질문에 대한 나의 질문이 시작되는 아침. 나는 조용히 아랫입술을 깨물며 돌계단에 앉아 강물에 비친 검은 얼굴을 보고 있어.

　(아침에 보던 것들은 다음 날 아침에야 다시 볼 수가 있겠지)

　오늘은 무얼 할까. 맨발의 사람들이 두 팔을 힘껏 써서 너럭바위에 이불 빨래를 너는 시간. 세찬 비는 어제의 일이고 거센 강물은 오늘의 일이 되는 시간.

강과 나

지금이라고 말해줄게, 강물이 흐르고 있다고, 깊지는 않다고, 작은 배에 작은 노가 있다고, 강을 건널 준비가 다 됐다고 말해줄게,

등을 구부려 머리를 감고, 등을 세우고 머리를 빗고, 햇볕에 물기를 말리며 바위에 앉아 있다고 말해줄게, 오리온 자리가 머리 위에 빛나던 밤과 소박한 구름이 해를 가리던 낮에, 지구 건너편 어떤 나라에서 네가 존경하던 큰사람이 죽었다는 소식을 나도 들었다고 말해줄게,

돌멩이는 동그랗고 풀들은 얌전하다고 말해줄게, 나는 밥을 끊고 담배를 끊고 시간을 끊어버렸다고 말해줄게, 일몰이 몰려오고, 알 수 없는 옛날 노래가 흘러오고, 발가벗은 아이들이 발가벗고, 헤엄치는 물고기가 헤엄치는 강가,

뿌리를 강물에 담근 교살무화과나무가 뿌리를 강물

에 담그고. 퍼덕이는 커다란 물고기가 할아버지의 낚
시 항아리에서 쉴 새 없이 퍼덕이고, 이 커다란 물고
기를 굽기 위해 조금 후엔 장작을 피울 거라고,

구불구불한 강을 따라 구불구불한 길이 나 있는 이
곳에서, 구불구불한 길에 사는 구불구불한 사람들과
하루 종일 산책을 했다고 말해줄게, 큰 나무 그늘 아
래 작은 나무, 가느다란 나무다리 아래 가느다란 나
무 교각들이 간신히 쉬고 있다고,

멀리서 한 사람이 반찬을 담은 쟁반을 들고 살금살
금 걸어오고 있다고 말해줄게, 물고기는 바삭바삭하
다고, 근사한 냄새가 난다고, 풍겨 온다고, 출렁인다
고, 통증처럼 배가 고프다고, 준비가 다 됐다고, 지금
이라고, 말해줄게

5부
먼 곳이 되고 싶다

미래가 쏟아진다면

나는 먼 곳이 되고 싶다

철로 위에 귀를 댄 채
먼 곳의 소리를 듣던 아이의 마음으로

더 먼 곳이 되기 위해선 무얼 해야 할까
꿈속이라면 아이가 될 수도 있다
악몽을 꾸게 될 수도 있다

몸이 자꾸 나침반 바늘처럼 떨리는 아이가 되어
무슨 잘못을 저질렀을까 봐 괴로워하면서
몸이 자꾸 깃발처럼 펄럭이는 아이가 되어
어리석은 사랑에 빠졌을까 봐 괴로워하면서

무녀리로 태어나 열흘을 살다 간
강아지의 마음으로
그 뭉근한 체온을 안고 무덤을 만들러 가는
아이였던 마음으로

꿈에서 깨게 될 것이다

울지 마, 울지 마
라며 찰싹찰싹 때리던 엄마가 실은
자기가 울고 싶어 그랬다는 걸
알아버린 아이가 될 것이다

그럴 때 아이들은 여기에 와서
모르는 사람에게 손을 흔든다

꿈이라면 잠깐의 배웅이겠지만
불행히도 꿈은 아니라서 마중을 나온 채

그 자리에서 어른이 되어간다
마침내 무엇을 기다리는지 잊은 채로

지나가는 기차에 손을 흔들어주는

새까만 아이였던 마음으로

지금 나는 지나가는 기차가 되고 싶다

목적 없이도 손 흔들어주던 아이들은
어디에고 있다는 걸 알고 싶다

실패의 장소

우리가 만난 곳을 생각해
내가 기대어 한숨을 쉬었던 그 벽에서
너는 두 손을 모아 균열에 대고 소원을 말했지

나는 오후 세 시에
너는 새벽 세 시에

꽃잎을 먹었어요
어차피 더럽게 떨어질 꽃잎이라서요
이렇게 많이 먹었는데 왜 배가 고플까요

언 귀를 비빌 때마다 우리가 만난 곳을 자주 생각해
악몽을 피처럼 낭자하게 흘리며 네가 쪽잠을 자던
알 깨진 가로등 같은 몰골로 내가 마중을 나갔던
골목

오늘만 좀 재워주세요
기린과 코끼리와 들쥐 그리고 화분 한 개

내 짐은 이게 전부예요

새벽 세 시의 네가
오후 세 시의 나를

찾아왔던 날을 자꾸자꾸 생각해
언 발을 나무처럼 심어두고 싶었지만
어쩐지 흙에게 미안해져 그만두었어요

쓰러져 누운 모든 것들이
이불로 보이던 그 동네를 생각해
쓰러지며 발열하는 별 하나와 불빛 없는 상점들

같은 악몽을 사이좋게 꾸던
같은 소원을 사이좋게 버리던

이불의 불면증

너는 마치
이불을 재워주기 위해 잠이 드는 사람 같아

네 품에 안겨서
초록색 이불이 조금씩 몸을 뒤척이네

품었던 것의
품고 있던 독을 고스란히
자기 육체로 옮겨오는 사람처럼
먼 곳을 생각하는 자의 표정을 짓지

독충처럼
꼬리 끝이나 대가리를 곤추세우는 대신
언제고 입꼬리를 올리지

이불을 재우는 사람처럼
너의 잠은 동그랗네
크고 작은 동그라미들이 비눗방울처럼

네 언저리에 둥둥 떠오르네

너는 모로 누워
부탁해요, 제발
기도하는 사람처럼 두 손을 모으고
곤히 잠들어 있네

이것은 꿈이 아니지
말하지 않을 땐 마지막 남은 너의 고백 같아서
부탁으로 나는 그걸 알아듣지

이불은 에메랄드 사원의 와불처럼 누워
네 살결을 만지고 있네
네 살결이 먼저 선잠에서 깨어나고 있네

광장이 보이는 방

텅 빈 광장에는 음악이 있어야 한다
그래야 그림자가 외롭지 않다 그래야 춤출 수 있다

먼 나라에선 불타던 한 사람이 온 나라를 불태웠다지
뜨겁고 드넓게, 뜨겁고 애타게
꽃에 앉기 직전의 나비처럼 떨면서 떨면서

오래된 성터에서 나비를 보았다
옛날 옛적 빗발치던 화살들을 가로지르며
나비가 드넓게 포물선을 그리며 날았다

불타던 것들이 흔들린다
흔들리며 더 많은 단어들을 모은다
추처럼 흔들리다 흔들리다
내일쯤엔 더 세차게 흔들릴 수 있다

구름은 구름을 향해 흘렀다
배가 되기 위해서겠지

창문을 열면 바닷물이 쏟아져 들어오겠지

사각의 광장에는 사각의 가오리가
탁본 뜨듯 솟아올라야 한다

그래야 지느러미처럼 커튼은
헤엄을 칠 수 있다 더 넓은 바다로 가려고
가서 비천하게 죽든 궁핍하게 살든
끝장을 볼 수 있다

내일은 우리
가엾은 물고기에게도 그림자를 그려주자
멀리서부터 불빛이 드리워진 양
자그마치 커다랗게

다행한 일들

비가 내려, 비가 내리면 장롱 속에서 카디건을 꺼내 입어, 카디건을 꺼내 입으면 호주머니에 손을 넣어, 주머니에 손을 넣으면 조개껍데기가 만져져, 아침이야

비가 내려, 출처를 알 수 없는 조개껍데기 하나는 지난 계절의 모든 바다들을 불러들이고, 모두가 다른 파도, 모두가 다른 포말, 모두가 다른 햇살이 모두에게 똑같은 그림자를 선물해, 지난 계절의 기억나지 않는 바다야

지금은 조금 더 먼 곳을 생각하자
런던의 우산
퀘벡의 눈사람 아이슬란드의 털모자
너무 쓸쓸하다면,

봄베이의 담요
몬테비데오 어부의 가슴장화

비가 내려, 개구리들이 비처럼 쏟아져 내려, 언젠가 진짜 비가 내리는 날은 진짜가 되는 날, 진짜 비와 진짜 우산이 만나는 날, 하늘의 위독함이 우리의 위독함으로 바통을 넘기는 날,
비가 내려,

비가 내리면 장롱 속 카디건 속 호주머니 속 조개 껍데기 속의 바다 속 물고기들이 더 깊은 바다 속으로 헤엄쳐 들어가, 모두가 똑같은 부레를 지녔다면? 비가 내릴 일은 없었겠지,
비가 내려, 다행이야

메타포의 질량

맨 처음 우리는 귀였을 거예요 아마. 따스한 낱말
과 낱말이 포켓 사전처럼 대롱거리는 귓불이었을 거
예요 아마. 그때 우린 사전의 속살을 들춰 보았죠. 여
긴 두 페이지가 같네요? 파본인가요? 그다음 우리는
그릇이었을 테죠 어쩌면. 아이스크림을 컵에 담듯 살
아온 날들의 독백이 녹아 흘러내리지 않게 자그마한
그릇처럼 웅크려야 했을 테죠. 그때 우리는 맛있었
죠. 그때 우리는 양 손바닥처럼 밀착되었을 테죠. 고
해와 같았을 테죠 어쩌면. 딸기 맛과 멜론 맛이 회오
리처럼 섞일 때면 하루가 저물었죠. 그런 후에 우리
는 서로의 기록이었죠. 손목이 손을 놓치는 순간에
대해, 시계가 시간을 놓치는 순간에 대해, 대지와 하
늘이 그렇게 하여 지평선을 만들듯이 윗입술과 아랫
입술을 그렇게 하여 침묵을 만들었죠. 등 뒤에서는
별똥별이 하나씩 하나씩 떨어져 내렸죠. 그러곤 우리
는 방울이 되었어요. 움직이면 요란해지고 멈춰 서면
잠잠해지는, 동그랗게 열중하는 공명통이 되었죠. 환
호작약 흐느낌, 낄낄거리는 대성통곡. 은총과도 같이

도마뱀의 꼬리와도 같이. 우리는 비로소 물줄기가 되
었죠. 우리는 비로소 물끄러미가 되었죠. 이제 우리
는 질문이 될 시간이에요. 눈먼 자가 자기 집으로 돌
아가는 길을 마음속으로 그려보는 시간이죠. 덧없지
않아요. 가없지 않아요. 홀로 발음하는 안부들이 여
울물처럼 흘러내리는 이곳은 어느 나라의 어느 골짜
기인가요. 이것은 불시착인가요 도착인가요. 자, 우
리의 질문들은 낙서인가요 호소인가요, 언젠가 기도
인가요?

막차의 시간

버스가 출발의 형식으로서
우리를 지나쳐버렸다

멀어졌지만
저것은 출발을 한 것이다

멀어지는 방식은 모두 비슷하다
뒷모양을 오래 쳐다보게 한다

버스는 한 번 설 때마다 모두의 어깨를 흔든다
집에 갈 수만 있다면 이 흔들림들은
아무것도 아닌 일이다

아침이면 방에서 나를 꺼냈다가
밤이면 다시 그 방으로 넣어주는 커다란 손길
은혜로운 것에 대하여 생각한다

고구마를 키운 이후로

시간도 얼마나 무럭무럭 자라는지를 알게 되듯
슬픔 뒤에 더 기다란 슬픔이 오는 게 느껴지듯

무언가가 무성하게 자라지만
예감은 불가능해진다

휙휙 지나쳐 가는 것들이
내 입김에 흐려질 때

차가운 유리창을 다시 손바닥으로 쓰윽 닦을 때
불행히도 한 치 앞이 다시 보인다

몸이 따뜻해지는 일을 차분하게 해본다
단추를 채우고 호주머니에 손을 넣어둔다

있고 되고

홍옥이 있었지
우연히 만난 농부가 건네준

강물에는 구름이 게르니카를 그리고 있고
그림의 귀퉁이를 접는 돌 하나가
빗방울들을 태운 채 정박해 있지

거위가 삼박삼박 걸어와서
구석구석 참견을 하고 있지

모든 것들이 춤을 추고 있어
음악은 없지만
바람이 있지

있는 것들이 오랫동안 그렇게 있을 때
우리가 기다리던 것이 되지

연둣빛 메뚜기들이 풀밭에서

팝콘처럼 팡팡 튀어 오르고 있지
나는 천천히 퍼져 나가는
등고선이 되지

빗소리가 배낭에 닿으면
어디선가 군불 냄새가 다가오게 되고
나는 배고픈 사람이 되지

배낭 속엔 홍옥이 있지
누군가 우연히 가져가게
강가에 두어야지

누군가
있던 것을 단지 주워 든 한 사람은
그 사람이 되겠지

스무 번의 스무 살

한 사람이 건널목을 다 건너갔을 때
하얀 건널목이 사다리처럼 일어나 어딘가로 사라지
는 일

그런 일을 목격한다

그 사람의 어깨를 사랑하게 되고
가방을 선물하게 된다

누군가가 곁에 있어주어도 눈치챌 리 없는 스무 살
처럼
누군가의 곁에 있더라도 눈치챌 리 없는
스무번째의 스무 살처럼

손을 어째야 할지 모르겠다는
한 사람에게 악기를 선물하게 된다

그러곤

손 위에 손을 포개어 놓고 잠드는 사람이 된다
내 손은 나를 모르므로
순순하고 다정하다

한 사람이 혼자 있는 시간에 대해 상상하는 일
그로 인해 나는 내 방에서 느린 춤을 춘다

그런 일을 겪는다

침묵 속에서 춘 혼자만의 춤과 같이
몹시 보잘것없고도
몹시 그럴듯한
그런 하루가 다녀간다

정말 정말 좋았다

갑자기 우렁차게 노래를 불렀다
연료가 떨어진 낡은 자동차처럼

너는 다음 소절을 우렁차게 이어갔다
행군하듯 씩씩하게 걸었을 거다

같은 노래를 하면
같은 입 모양을 갖는다
같은 시간에
같은 길에서

모퉁이를 돌면서
같은 말을 동시에 할 수도 있다
"와, 보름달이다!"
같은

모퉁이를 돌아도
꿈이 휘지 않는다는 착각을

나누어 가진다

땀을 뻘뻘 흘리는 눈사람에게
장갑을 끼워줄 수도 있다
장갑차에게 꽃을 꽂아주듯이

가로등이 소등된다
우리의 그림자가 사라진다
저 모퉁이만 돌면 우리, 유령이 되자
담벼락에 기댄 쓰레기봉투에서
도마뱀이 꽃을 물고 기어 나오듯이

숨어 있는 것들만 믿기로 한다
병풍 뒤에 숨겨진 시신처럼
우리는 서로의 뒷모습이 된다
정말 정말 좋았다

걸리버

창문 모서리에
은빛 서리가 끼는 아침과
목련이 녹아 흐르는 따사로운 오후
사이를

도무지 묶이지 않는
너무 먼 차이를

맨 처음
일교차라 이름 붙인 사람을
사랑한다

빈 빨랫줄에
대롱대롱 매달린 빗방울의 마음으로

+

커피를 따는 케냐 아가씨의 검은 손과

모닝커피를 내리는 나의 검은 그림자
사이를

다다를 수 없는 너무 먼 대륙을 건넜던
아랍 상인의 검은 슬리퍼를
사랑한다

세계지도를 맨 처음 들여다보는
어린아이의 마음으로

+

살아 있으라, 누구든 살아 있으라
적어놓은 채로 죽은 어떤 시인의 문장과
오래 살아 이런 꼴을 겪는다는 늙은 아버지의 푸념
사이를

달리기 선수처럼

아침저녁으로 왕복하는 한 사람을
사랑한다

내가 부친 편지가 돌아와
내 손에서 다시 읽히는
마음으로

+

출구 없는 삶에
문을 그려 넣는 마음이었을
도처의 소리 소문 없는 죽음들을

사랑한다

계절을 잃어버린 계절에 피는
느닷없는 꽃망울을 바라보는 마음으로

현관문

열어둔다

바닥에 빗자루를 댄다
오늘 아침은 빗자루가 쓸지 않고 있다
타일 바닥을 쓰다듬고 있다

네가 오면 제일 먼저

누가 오기로 한 날이 아닌 날에도
매일 아침 현관문 앞에 알록달록
꼴람을 그려놓던
인도 사람 얘기를 해줘야지

무성하게 자란 보스턴 고사리를 문밖에 놓아둔다
네가 오기로 한 날이니까

열어둔다
시간에 조금씩 주름이 접힌다

시간이 조금씩 허점을 다듬는다

밤새
평생 동안 잃어버리기만 했던 우산들이 모두 돌아와
수북이 쌓여 있다
평생 동안 젖어 있었을 우산들을
하나하나 편다
그대로 둔다

네가 오면 제일 먼저

이것들을 보겠지
우리 집을
칠월의 포도송이 같다고 해주면 좋겠다
아니면 팔월의 오동나무

열어둔다

씩씩하게 슬프게

황 현 산

소연에게.

태국에서 두 번, 히말라야의 어느 산록에서 한 번, 그리고 터키에서 남행하면서 또 한 번, 너는 내게 엽서를 보냈지만, 나는 너에게 답장을 한 기억이 없구나. 너는 내내 주소를 바꾸며 움직이고 있었으니 답장을 보내려 해도 보낼 도리가 없었지. 네가 어디에 정주해 있다 하더라도 사정은 아마 마찬가지였을 것이다. 직업적인 급박한 요청도 없이 백지를 내려다보고 앉아 있는 일이 끔찍하게만 느껴지는 내 성격도 성격이겠거니와 무엇보다도 네가 답장 같은 것을 기다리지 않을 것이라고 나는 믿고 있었다. 그렇더라도 마음의 빚은 쌓이기 마련이어서 어떻게든 내 자신을 위로하여 채무감에서 벗어나고 싶지. 그럴 때는 가볍게 찬탄조로 한마디 한다. "씩씩한 소연이."

너를 씩씩하다고 말해야 하는 것은 네가 있어야 할 자리에 어김없이 네가 있었기 때문만은 아니다. 너는 네가 손수 꾸린 어린이 도서관의 관장이었고, 시를 가르치는 선생이었지. 너는 용산의 시인이었고 강정의 주민들에게 낯익은 얼굴이었지. 해야 할 말을 다 하고, 그러면서도 너는 늘 틈을 내서 세상에서 가장 깊은 곳까지 찾아들어 가장 깊은 생각들을 캐낼 줄을 알았지. 그러나 무엇보다도 너를 씩씩하다고 말하게 한 것은 진흙의 늪을 뚫고 왕골처럼 솟아오르곤 하던 네 시의 말이었다. 나는 너를 생각할 때마다 늘 그 한마디를 말하며, 너의 첫 시집 『극에 달하다』의 그 긴 시, 아니 긴 시가 아니라 제목이 긴 시, "바다를 보러 가야겠다"로 시작하여 여섯 줄로 제목을 채우고서야 본문이 시작되는 그 시를 아마도 떠올리고 있었을 것이다. "세월을 물 쓰듯 썼던 그 시절들 보러 가야겠다"던 그 시를 누가 잊어버릴 수 있겠니. 너는 감정의 재벌이었던 것이 틀림없다. 낯설고 억센 바람 창문을 흔들어대는데, 우악스런 그 감정의 손아귀와 싸우며 책상 앞에 화병처럼 앉아 있다가, 끝내 마음의 자락자락 들끓던 힘들을 낭비하고 말았다고 너는 한탄하였다. 그래서 악기의 빈 공명통보다 더 비어버린 너는 네 삶의 목적이 천 년 동안 잠을 자는 것이라고 했고, 너의 수면이야말로 시대에 대한 예의이며 자비라고도 했다. 시대는 네 감정을 착취할 줄도 몰랐으니 당연하지. 시대는 네 감정 남의 감정 모든 감정을 폐차장의 고철 더미처럼 켜켜이 쌓아두고 녹슬기만 기다렸으니 당연하지. 나는 네 천 년의 잠을 씩씩하다고 말한다. 그 수면의 바다를, 그 끝없을 물결을, 네 잠을 깨우지도 않고 문명도 아닌 모든 문명을 삼켜버릴 그 파도를 씩씩하다고 말한다. 꿈의 넓고 긴 파동으로 세상의 지형을 바꿀 네 수면의 바다보다 더 거대한 반역을 나는 상상할 수 없기 때문이다.

그러나 너는 이 슬픈 조국의 착하고 어여쁜 딸, 천 년 동안 잠들지는 못했어도, ─뒷감당도 못 한 것들을 쌓고 또 쌓으며 아등바등 살아왔고 또 살게 될 모든 인간들의 하찮은 분노와 조바심들을 끌어안고 끝없이 부동하게 파도치는 그 바다를 만나지는 못했어도, ─네가 서 있는 자리 어디에서건 너는 물결이 되어 한 번 솟고 또 물결이 되어 한 번 솟기를 그치지 않았지. 북극성을 보고 길을 찾는 자가 북극성에 도달하는 것은 아니라고 말한 것은 아마도 틱낫한 스님이었을 거야. 사람이 바다의 수면을 꿈꾸는 것은 반드시 바다가 되기 위해서가 아니지. 요동하는 온갖 감정과 의지를 끌어안고 천 년 동안 잠드는 것이야 바다가 할 일. 바다는 네 눈앞에서 일렁이면서 저 먼 곳에서 잠자고, 너는 잠시 꿈꾸면서 또는 소스라치면서 지금 이 순간의 물결로 저 먼바다를 실천하지. 저 먼바다는 지금 이 자리의 실천을 지시하고, 너는 네 끝없는 탄식으로, 회한으로, 다그침으로, 천 년을 일렁이며 잠자는 저 바다를 증명하지.

이 삶의 끝자락을 붙잡고 저 삶의 모서리를 세우는 이 슬픈 반역을 어찌 평범하다 말하겠느냐.

씩씩한 소연아,

너의 새 시집이 슬픔으로 가득하구나. 내가 슬픔을 말하는 것은 시구의 갈피에 삶의 고독한 정경이 곤두서 있기 때문도 아니고, 이해받지 못하는 어떤 진실들이 망각의 웅덩이를 이루고 있기 때문도 아니다. 여전히 네가 일상의 곡절 속에서 낭비된 마음들을 바다와 같은 천 년의 잠으로만 회복하려 한다고 여겨서도 아니다. 내가 슬픔이라고 부르는 것은 다른 것. 온갖 감정과 의지의 무변한 저수조가 아득하게 저기 있는데 너는 한 번의 물결을 실천할 때마다 저 온전한 바다를 잠시 잊어야 하는 것이 불안하다는 듯 특별한 몸짓을 하며 특별한 목소리로 말하지. 집 뒤에 볏단을 높이 쌓아둔 농부 아낙이 추수 끝난 논에서 이삭을 주울 때는 그 노적을 잊고 이삭으로 채우지 못한 바구니만 안타까워하듯이, 너는 아침에 일어나 창을 열 때마다 네가 심정의 깊은 자리에 간직한 바다가 네 손끝의 작은 물결로 졸아들었을 것을 염려하지. 그러나 한 줌 물결을 버리고 또 한 줌 물결을 쥐는 일이 아니라면 무슨 수단으로 바다를 기억할 수 있을까. 저 먼바다라고 한들 기슭의 잔물결을 거두어들이고 만다면 달리 무엇으로 바다가 될 수 있을까. 아니, 너에게 물을 필요는 없겠다. 너에게는 아주 익숙한 비밀이 바로 그것이기도 하니 말이다. 네가 깊이를 침잠과 몽상의 어두운 밤에서 찾으려 하지 않고 이성과 실천의 아침에 두려 하는 것도—"깊은 밤이라는 말은 있는데 왜 깊은 아침이라는 말은 없는 걸까", 「낯선 사람이 되는 시간」에서 너는 괄호를 쳐놓고 이렇게 물었지—그 때문이지. 너의 명증한 수학자가 두뇌의 민첩함과 숨을 멈추고 잠시 죽음 속에 들어가며, 들리지 않는 것을 듣고 보이지 않는 것을 보며, 아침마다 「수학자의 아침」을 맞는 것도 그 때문이지.

그래서 씩씩하고 슬픈 너에게는 어느 누추한 방이라도 「광장이 보이는 방」이 되는구나. 먼 나라에서 한 사람이 "꽃에 앉기 직전의 나비처럼 떨면서" 불탈 때 온 나라가 불타고, 불타던 것들이 슬프게 흔들리며 "더 많은 단어들을" 모으면, 저울추처럼 흔들리는 모든 것들이 "내일쯤엔 더 세차게 흔들릴 수"도 있지. 세상이 공진하여, 작은 구름이 큰 구름을 향해 흐르니 "창문을 열면 바닷물이 쏟아져 들어"올 것만 같지. 그때 네가 할 수 있는 일은 가엾은 물고기에게도 "자그마치 커다랗게" 그림자를 그려주어 "멀리서부터 불빛이 드리워진" 것처럼 보이게 하는 일, 그 일은 슬프지만 씩씩하다. 온 세상을 불태울 불빛은 그 그림자의 창문에서만 보이지. 벌써 이해해버린 세계에서 또 하나의 세계를 너는 그렇게 약소하면서도 절실하게 증명하지.

이미 이해한 세계는 떠나야 한다 마치 고향처럼
이미 이해한 사람을 떠나듯이 부모처럼

안녕, 하고 혼잣말을 할 때
엉터리, 하고 돌부리를 툭툭 차며 투덜댈 때

무릎 꿇는 거지 하나가 거짓 목소리로 울먹이며, 입을 벌린 채 너를 바라보고 있더라고 너는 「식구들」에서 쓰고 있구나. 그런 입과 "민낯으로" 마주치는 것은 "더러운 식구가 되는 일"이라고 너는 참 매몰차게 쓰고 있구나. 세상의 모든 식구들이 손에 손을 잡고, 육지와 대양을 둘러싸고 영원토록 도래춤을 추어본 적은 없지. 그러나 문제는 벌써 이해가 끝났다는 것이 아니라, 영원한 도래춤이 불가능하다는 것이 아니라, 더 이상 이해를 필요로 하지 않는 것들로 새로운 이해의 깊이를 가장한다는 것이겠지. 이해해야 할 것을 더는 만들어내지 못하는 세계의 끔찍함은 가야 할 세계까지 가본 세계로 만들어, 바닥이 빠한 웅덩이로 저 멀쩡한 바다의 무덤을 만든다는 것이겠지. "떠나도 떠나도 고향이 너무 많아"도 떠나는 자에게는 고향이 무덤은 아니지.

그래서 너의 시간은 항상 아침이고, "무서운 짐승이 걷고" 있는 「새벽」이다. 무서운 숲의 포효도 무서움을 무릅쓰고 걷는 자의 비명으로 감추어진다. "숲의 흉터에서는 버섯이 발가락처럼" 자라나고, 몽상의 달이 사라지기 전에 밝은 지성의 해가 미리 도착하고, "나무가 뿌리로 걸어와" 걷는 자의 발끝에 미리 도착한다. 무서운 것들은 발을 공격하지만 "발은 고단함만 알고 도무지 낙담을" 모르니, 너의 아침에는 상처받는 슬픔보다 더 큰 힘이 없구나. 슬픔은 이해해야 할 모든 침묵을 안고 끝없이 부동하게 출렁이는 저 먼바다를 지금 이 자리의 작은 물결과 연결시키라는 명령이며, 그 유일한 원기일 테니 말이다.

그러나 쓰라림이 없는 슬픔은 없지. 벚나무가 천 개의 눈을 뜰 때, 골목에 버려진 의자에 앉아, 벌거벗은 햇볕, 벌거벗은 철제 대문, 그「그늘」에 앉아, 출발도 도착도 없이, 해빙도 결빙도 없이, 젖은 무릎을 말릴 때, 벚나무에서 버찌가 떨어진다 한들,

북극여우와 바다코끼리와 바다표범과
흰 무지개와 흰 운무와
쇄빙선도 없이
해협도 없이

잠시 돌 옆에 머무는 버찌를, 혓바닥도 없이 사랑도 없이, 개미가 핥게 될 것을 너는 한탄한다. 세상이 너무 늙어버린 것은 아닐까. 끝에서 끝까지 습관만 남은 세상에서는, 떠나더라도 이미 이해한 것들 밖으로는 나가지 못하는가.

그러나 세상이 어떤 방식으로 멸망을 향해 가더라도 열망으로 가득한 네 기억과 네 기억의 말들이야 어찌 사라질 수 있겠니. 네 기억은 자박자박 물을 건너가며 해야 할 일, 하고 싶은 일을 할 것이다. 네가 「낯선 사람이 되는 시간」에서 말하듯이, 돌 감옥에 공주는 가둘 수가 있어도 그 속삭임을 가둘 수는 없겠지. 사라진 말들, 소낙비처럼 우리 머리 위에 쏟아져 내릴 때, 사람들은 여전히 어리석어도, "세찬 비는 어제의 일이고 거센 강물은 오늘의 일이 되는 시간"을 우리는 틀림없이 맞겠지. 사람들은 네가 세상의 멸망을 막았다고 기억하겠지. 그러나 너무 늦게 기억하겠지.

씩씩한 소연아,

영롱하도록 슬픈 시 「강과 나」를 말하지 않을 수 없구나. 너는 지금 그 자리에서, 지금이라고 말하는구나. 너는 지금 모든 준비가 다 끝났다고 말하려 하는구나. 감은 머리의 물기를 햇볕에 말리고 바위 위에 앉아 있다고, 돌멩이는 동그랗고 풀들은 얌전하다고, 낚시꾼의 낚시 항아리가 풍요롭다고, 장작불 위에 물고기는 바삭바삭하다고, 통증처럼 배가 고프고, 준비가 끝났다고, 지금 너는 말해주려 하는구나. 그러나, 아, 그 시간은 슬프다. 그 지금이 영원히 오지 않을 것 같아서 슬프고, 갑자기 와버릴 것 같아서 슬프다. 너는 한 줌 물결로 바다를 연습하는데, 그 바다가 옛날에 죽었다는 소식을 들을까 봐 슬프고, 어쩌면

134

거대한 물 한 덩이가 무덤덤하게 눈앞에 누워 있을까 봐 슬프다. 너의 지금은 네가 가장 깊은 슬픔으로 짠 시간이기에 슬프다. 슬픔만이 진정으로 씩씩한 것을 만든다는 이 아이러니가 슬프다, 소연아. ▨